AF185615

Tucholsky   Wagner   Zola   Scott
                                      Sydow   Freud   Schlegel
Turgenev   Fonatne
           Wallace
Twain   Walther von der Vogelweide   Fouqué   Friedrich II. von Preußen
           Weber                     Freiligrath
Fechner         Weiße Rose   von Fallersleben   Kant   Ernst   Frey
        Fichte                                              Frommel
       Engels      Fielding                       Richthofen
Fehrs            Faber      Flaubert   Eichendorff   Tacitus   Dumas
       Maximilian I. von Habsburg   Fock   Eliasberg   Zweig   Ebner Eschenbach
Feuerbach              Ewald              Eliot                Vergil
       Goethe                   Elisabeth von Österreich   London
Mendelssohn   Balzac   Shakespeare                              Ganghofer
              Lichtenberg   Rathenau   Dostojewski
       Trackl   Stevenson                    Doyle   Gjellerup
Mommsen                 Tolstoi   Lenz   Hambruch
        Thoma                              Hanrieder   Droste-Hülshoff
Dach          Verne   von Arnim   Hägele
       Reuter                              Hauff   Humboldt
Karrillon   Garschin   Rousseau   Hagen   Hauptmann   Gautier
       Damaschke   Defoe              Baudelaire
                     Descartes   Hebbel
Wolfram von Eschenbach         Dickens   Hegel   Kussmaul   Herder
Bronner   Darwin         Schopenhauer   Rilke   George
                  Melville   Grimm Jerome   Bebel
       Campe   Horváth   Aristoteles              Proust
Bismarck   Vigny         Voltaire   Federer   Herodot
           Gengenbach   Barlach   Heine
Storm   Casanova   Tersteegen   Grillparzer   Georgy
        Chamberlain   Lessing   Langbein   Gilm
Brentano                              Gryphius
Strachwitz   Claudius   Schiller   Lafontaine
       Katharina II. von Rußland   Bellamy   Kralik   Iffland   Sokrates
                          Gerstäcker   Schilling
Löns   Hesse   Hoffmann   Gogol   Raabe   Gibbon   Tschechow
Luther   Heym   Hofmannsthal         Wilde   Gleim   Vulpius
        Roth   Heyse   Klopstock   Klee   Hölty   Morgenstern   Goedicke
Luxemburg              Puschkin   Homer   Kleist
       Machiavelli   La Roche         Horaz   Mörike   Musil
Navarra   Aurel   Musset   Kierkegaard   Kraft   Kraus
Nestroy   Marie de France   Lamprecht   Kind   Kirchhoff   Hugo   Moltke
       Nietzsche   Nansen   Laotse   Ipsen   Liebknecht
              Marx   Lassalle   Gorki         Ringelnatz
von Ossietzky   May   vom Stein   Klett   Leibniz
Petalozzi                  Lawrence              Irving
       Platon   Pückler         Knigge
Sachs   Poe   Michelangelo         Kock   Kafka
       de Sade   Praetorius   Liebermann   Korolenko
                     Mistral   Zetkin

# Die Troika

Jakob Julius David

# Impressum

Autor: Jakob Julius David
Umschlagkonzept: toepferschumann, Berlin

Verlag: tradition GmbH, Hamburg
ISBN: 978-3-8424-0669-8
Printed in Germany

Ziel der TREDITION CLASSICS ist es, tausende deutsch- und
fremdsprachige Klassiker wieder in Buchform verfügbar zu
machen. Die Werke wurden eingescannt und digitalisiert. Dadurch
können etwaige Fehler nicht komplett ausgeschlossen werden.
Unsere Kooperationspartner und wir von tradition versuchen, die
Werke bestmöglich zu bearbeiten. Sollten Sie trotzdem einen Fehler
finden, bitten wir diesen zu entschuldigen. Die Rechtschreibung der
Originalausgabe wurde unverändert übernommen. Daher können
sich hinsichtlich der Schreibweise Widersprüche zu der heutigen
Rechtschreibung ergeben.

## Jakob Julius David

# Die Troika

Wir hatten uns in Rom in der Karwoche kennen gelernt.

Nun schließt man nirgends so leicht Bekanntschaft, als in Rom. Nirgends so leicht, so herzlich und wieder so flüchtig.

In einer erhöhten Stimmung, voll dunkler Ahnungen, Sehnsüchte und Erwartungen betritt man den Boden der Ewigen Stadt. Als stünde man vor tausend Erfüllungen. Sie werden doch auch einem jeden. Nur einem jeden anders, als er sich's vorher gedacht.

So verheißt nur noch das Leben. Und nur noch das Leben selber gibt in ähnlicher Weise und Fülle. Es kommt alles; nur wider alle Berechnung und gegen jede Vermutung. Ist es aber einmal da, so begreift man, es hätte nur so und sonst in keiner Weise in Wirksamkeit treten können und dürfen, als es geschehen ist. Freilich braucht es manchmal Zeit, ehe einem diese Notwendigkeit einleuchtet. Und dann hadert man und möchte verzagen. Vor dem Leben, wie vor Rom.

Dazu der unendliche Zusammenfluß von Menschen in dieser einen Stadt und just um diese Zeit des Jahres. Sie überfüllen zu gewissen Stunden den Korso mit ihrem Leben, ihrem nicht immer sehr rücksichtsvollen Italienisch, ihren fremden Sprachen; benehmen sich laut und wie zu Hause in den stolzen Palästen der römischen Nobilität. Und wieder zu andern Stunden schwärmen sie aus. Sie überfluten die Galerien und Sammlungen; mit klappenden Tritten verjagen sie die Andacht aus den Kirchen; sie dringen in die Kampagna und scheuchen die heilige Stille, die sonst, dem braunen Rebhuhn gleich, sich an ihren Boden schmiegt. Es ist nicht anders, als wär' ein Rudel recht gieriger Hunde von allen Gattungen und Temperamenten ein tüchtiger Brocken Fleisch geworfen worden. Jeder schnappt, schlingt gierig und sucht in seiner Art mit seinem

Bissen fertig zu werden, sein Stück Rom sich zuzueignen und es zu verdauen. Nur freilich – Rom bleibt intakt dabei.

Man fühlt sich die erste Zeit einsam und verloren. Begriffe dämmern und verdämmern. Man prüft sein Wissen, seine Eindrucksfähigkeit, die unablässig zwischen den fernsten Polen hin und wider gerissen wird: bangt mit seiner Zeit und erkennt dennoch bald, daß dieser Unendlichkeit gegenüber keinerlei Hasten etwas fromme. Denn alles betont sich aus gleichem Rechte und mit gleichen Ansprüchen. Man muß sich wohl bescheiden und begnügen lassen. Aber man ist dankbar mit jedem Anschlusse und für jeden Fingerzeig, der einem den Weg weise durch diese Wirrnisse, diesen Urwald von Trümmern, denen man mindestens ein Wort ihrer Geheimnisse abhören möchte. Man sucht die Einsamkeit, um zu genießen und zu empfangen, und hat wieder gern einen guten Gesellen, mit dem man im Rauschen und Brausen der römischen Bronnen von dem sprechen könne, das einem den Tag über aufgegangen ist.

Und dann sind diese römischen Kneipen. Eine jede hat ihre Vorzüge und ihre Qualitäten, die man nicht gleich aufs erstemal faßt. Und man hat bei diesen vielverschlungenen Straßen immer den Reiz des Suchens nach jener Stätte, an der es einem vordem behagt. Danach ist aber in ihnen ein ruhiges Weilen; man zecht ohne vieles Reden, und das römische Fieber, diese geheimnisvollste Erregung in den Adern des Fremden, kämpft mit dem Weine und leidet nicht, daß man von seiner Kraft übermeistert werde. Ein Taumel streitet mit dem andern. Und besonders beim Becher verlangt das deutsche Herz nun einmal nach dem Gefährten und seinem tapferen Zuspruch.

In solcher Stimmung, vielmehr in solchem Stimmungsgewühl nun lernte ich Wladimir Moschko Pozniánsky kennen. In jenem Café Aragno am Korso, wo man alle Welt findet, alle Laute vernimmt, nur nicht das stolze Idiom der Römer, das sich vor allen Mundarten Italiens durch herrischen Schritt und feierlichen Klang auszeichnet.

Er fiel mir auf. Denn er war lang und hager, mit rötlichem Knebelbart und mit klugen, lichtbraunen Augen. Eine kräftige Hakennase, das ganze Gesicht etwas in die Länge gezogen; die ganze Gestalt erinnerte an einen armen Ritter oder vielmehr an Mephisto. Der Eindruck war so lebhaft, daß ich, als er sich erhob, um an einem Nebentisch einen gemeinsamen Bekannten zu begrüßen, ihm wider Willen nachsah, ob er den Fuß nicht schleppe oder sonst ein Zeichen seiner höllischen Abkunft an sich trage.

Wir wurden vorgestellt. Er sprach ein sehr reines und gewähltes Deutsch, das gar nicht nach einer Mundart schmeckte. Das Italienische meisterte er vollkommen, ja sogar in die geheime Gebärdensprache der Landeskinder war er eingeweiht. Es war eine eigentümliche, abgemessene Ruhe in allem, was er tat, die keinerlei Eindruck von Gleichgültigkeit oder Stumpfheit erweckte. Er war durchaus liebenswürdig, ohne eigentlich verbindlich zu sein, mitteilsam wie einer, der nichts zu verbergen hat und dem man bei aller Offenherzigkeit innerlich doch niemals näher kommt. Ein in sich abgeschlossener Mensch, dem nichts mehr so leicht seine Kreise stören kann. Die Stadt kannte er nach allen ihren Heimlichkeiten. Er wußte um jeden Kunstschatz, der noch so verborgen war, kannte das Sesam, das den Zugang zu ihm öffnete. In jenen heimlichen Winkeln wußte er Bescheid, wo die Stimmung heimisch ist, durch deren Stille tausend Geisterstimmen raunen, zu denen höchstens ein wunderlicher Zufall die Fremden geleitet. Unermüdlich war er in Gefälligkeiten. Ob es nun den vielbegehrten Permeß zu einer Papstmesse galt oder den Zutritt zu den Fresken des Sodoma in der Farnesina. Er wies einem mindestens die Wege dazu, wenn er sie nicht in seiner stillen Art für einen lieber selber ging. Er kannte die Kampagna. Jene Stellen, wo die Stadt versunken ist, und nur, ein ungeheurer Mond, die Kuppel von Sankt Peter weiß und leuchtend in die Himmel sich hebt. Und wieder wußte er jeden schönen Blick auf Rom. Er hatte das Auge und die Freude eines Künstlers. Ihm, der einen größten Teil seines Lebens hier verbracht, hatte sich dennoch keiner der römischen Reize abgestumpft. Er genoß mit jenen, denen er die Wege wies, freute sich mit jeder Überraschung, die er andern bereiten konnte. So erhielt er sich frisch.

Er war von einer umfänglichen und durchaus deutschen Bildung. Aber während seines langen Verweilens in Italien hatte er sich jene Härte gegenüber der Armut angewöhnt, die den Deutschen bei den Söhnen des sonnenfrohen Landes so sehr befremdet. Er gab, was er mußte, und das mit einer harten und unwilligen Hand. Alles bei ihm war eingeteilt und berechnet, hatte ein System, von dem ihn nichts mehr abbringen konnte. Ohne jeden Beruf, schien er dennoch nicht eine müßige Stunde zu haben. Niemals, auch in der wärmsten Sonne nicht, vergaß er seinen alten, lichten Überrock. Er ging sorgfältig, aber in geschonten Kleidern. Ungern, außer im Gruß, tat er den Hut ab. Auch die Sorge um sein eignes Wohlbefinden war offenbar in eine unverbrüchliche Regel gebracht, in der alles Raum fand, was dem Ergehen eines Mannes in seinen Jahren gemäß und zuträglich ist.

Denn er war nicht mehr jung. Er näherte sich dem Fünfziger.

Die Künste liebte er. Wissen und Verständnis aber waren sichtbarlich allein aus der Anschauung erwachsen und genährt und hatten nicht den leisesten Büchergeruch. Die Anekdoten jedes Werkes kannte er und erzählte sie lebendig und mit Geschmack. In der Papstgeschichte wußte er sicheren Bescheid, wie man ihn ohne eigentliches Studium nur hier erwerben kann, wo sich doch an jeden der endlosen Reihe ein Ergebnis, ein Denkmal, eine Schöpfung knüpft. Er haßte die Institution mit einem fast persönlichen Haß, hatte Worte von mephistophelischer Schärfe für sie, ohne darum der Gegenwart oder dem, was sich an Stelle des Papsttums in Rom aufgetan hatte, gewogen zu sein. Er mochte die Italiener überhaupt nicht. In seinen Augen waren sie allesamt Barbaren und kaum besser wie Tiere. Besonders verachtete er sie wegen ihres Verhältnisses zur Musik. Davon verstünden sie die Reihe durch nichts, nichts sei so roh, so albern, so unsinnig, das sie sich nicht bieten ließen und dem sie unter Umständen nicht zujauchzen möchten wie die Narren. Man solle sich nur einmal ihre Kirchenmusik in dieser Hauptstadt der katholischen Welt anhören! Selbst die der vordem so berühmten päpstlichen Kapelle. Da sängen ehrsame Familienväter den Alt und den Sopran. Schon durch seine tüchtige musikalische Bildung fühlte er sich hier in der Verbannung. Begab sich einmal in langer Zeit etwas, das der Mühe wert war in Rom, so sparte er gegen seine Gewohnheit nicht mit dem Gelde. Und mit einer schmerzlichen Sehnsucht sprach er von Wien und Berlin, Städten, die ihm gleichfalls vollkommen vertraut waren, und ihrer Fülle musikalischer Genüsse. Er hatte dabei, wie immer, wenn er von etwas Erlesenem sprach, eine eigentümliche schmeckende Bewegung des Mundes, als kaue er an einem köstlichen Bissen.

Es war also ein durchaus angenehmer Verkehr mit ihm. Man profitierte in jeder Hinsicht. Wie der Mann sparte, ohne sich deshalb irgend einen Genuß zu versagen, so sah man's von ihm ab, sparsamer mit Trinkgeldern zu sein, als man, zumal als Wiener und besonders auf Reisen, gewohnt ist. Das macht sich mit der Zeit ganz hübsch ins Geld. Und auch lernen konnte man sonst von ihm.

Merkwürdig war es nämlich, mit welchem Anteil und mit welchem Verständnis er von der Kunst des Schauspielers sprach. Er kannte alle, die sich einen Namen auf den Brettern gemacht, kannte sie nach allen ihren Eigenheiten, wußte Bescheid um die ganze Entwickelung, die gerade die Menschendarstellung innerhalb eines Menschenalters etwa genommen hatte. Er sprach davon mit einem unerhörten Gedächtnis, mit Erinnerungen durchaus persönlicher Art, die so sicher waren und so weit zurückreichten, daß er sich ohne Frage sehr früh und berufsmäßig ernsthaft mit der Bühne beschäftigt hatte. Selbst jene gedämpft schauspielerische Begabung, die zum Kopieren eines bestimmten Darstellers reicht, besaß er. Ganz besonders vertraut war ihm jene Glanzzeit des Burgtheaters, die ich selber nur noch schattenhaft und im Nachschein miterlebt.

Nur eines, just des Berühmtesten aus jener Periode, gedachte er niemals. Nun pflegt man bei Vorstellungen in der Fremde, von denen man doch in den seltensten Fällen annimmt, sie könnten späterhin fortgesetzt werden und sich bleibend knüpfen, kaum auf den Namen dessen zu hören, mit dem man in Verbindung gekommen ist. Auch den meines guten Gesellen in Rom hatte ich kaum und mit halbem Ohr vernommen. Nur unbewußt klang er mir beständig darin. »Und Sie selber tragen ja einen berühmten Künstlernamen«, sagte ich ihm einmal.

»Ich bin Moschko Wladimir Pozniánskys einziger Sohn«, entgegnete er mit einer fast königlichen Verneigung.

»Wladimir Pozniánskys einziger Sohn«, wiederholte ich mechanisch. Ich selber hatte den großen Tragöden nicht mehr auf den Brettern gesehen. Die ihn gekannt, in seiner besten Zeit gekannt, ehe die Unrast und die Aufregungen des Wanderlebens ihn zu früher Zerrüttung gebracht, die schwärmten immer noch, nach Jahrzehnten, von ihm, seinen Gaben, seiner zwingenden Macht. Und eine Erinnerung aus früher Jugend fiel mir ein. Da hatte den Unsteten einmal sein Pfad nach Brünn geführt. Das war damals, vor gut einem Menschenalter, von uns aus noch eine umständliche und eine kostspielige Reise. Mein Oheim und Vormund, ein Phantast, ein Mann, den die Verhältnisse zu aller Unstern ins praktische Leben gestellt hatten, während alle seine Anlagen nach dem Studium und nach den Büchern gingen, ein Grübler, der sich mit längstgelösten Fragen quälte, nur weil er nicht wußte, wo er sich die Antwort darauf holen sollte, hatte die weite und für seine Verhältnisse teure Fahrt unternommen. In derselben Nacht, nur um ja nichts von dem gewaltigen Eindruck zu verlieren, den er empfangen, ohne einen Blick in die fremde und große Stadt zu tun, war er umgekehrt nach Hause und hatte nun Wochen von Wladimir Pozniánsky und seinem Mephisto zu erzählen, versuchte sogar, ihm Szenen nachzuspielen. Das war von einer ungeheuerlichen Komik, die ich wohl spürte, ohne ihre Wirkung auf mich – für ein Kind eine harte Sache – äußern zu dürfen. Denn er war sehr klein und dick, hatte dünnes und sorgfältig gekämmtes Haar, und begann nun mit gereckten Armen, einen dämonischen Ausdruck in seinem guten Gesicht, mit einer unnatürlich schrillen Stimme, die bei jeder Erregung rettungslos in die Fistel hinaufquietschte und nicht mehr leicht den gesunden Boden unter sich fand, seine Beschwörung: »Der Herr der Ratten und der Mäuse...« Ich meine, er träumte damals von einer ähnlichen Laufbahn für mich, der gerade für diesen Beruf niemals die mindesten Anlagen hatte.

Und der Sohn des besten, des einzigen Mephisto der deutschen Bühne stand vor mir! Lebte hier in Rom ein wunderliches Leben halben Müßigganges, ausgefüllt durch tausend kleine Geschäftigkeiten, durch Gefälligkeiten gegenüber Fremden, deren Umgang ihm aus welchem Grunde immer angenehm und wünschenswert erschien. Ein eigentlich leeres Leben, wenn nur Rom mit seiner Fülle und seinem steten Wechsel jemals dieses Empfinden mächtig über einen werden ließe! Wie war dies möglich geworden? War die Lohe des Vaters im Sohne so gänzlich erloschen? Im Sohn, der in seinem Äußern so sehr an seines Erzeugers beste Rolle gemahnte?

Das schien mir nicht wahrscheinlich. Eher hatte man den Eindruck, als ob er sich früh, aber nicht ohne Stürme hierher als in den sicheren Hafen gerettet hätte, um nun ruhig, mit einer innerlichen Scheu vor allem, was noch seine Kreise stören, ihn in Verpflichtungen und Verantwortlichkeiten bringen könne, mit beobachtenden und klugen Augen das Treiben da draußen auf hoher See sich zu beschauen.

Selbst nicht ohne ein Gefühl humoristischer Überlegenheit. Denn die auf schwankem Boot mit Wind und Welle hart kämpfen, die nehmen freilich manchmal Stellungen an, die denen auf sicherem Lande drollig und ergötzlich genug scheinen mögen...

Es war vor der Fontäne des Bernini, wo mir diese Gedanken durch den Kopf schossen, ungeordnet, rasch, zügellos. Aber ich sprach nichts davon aus. Nur jene Jugenderinnerung erzählte ich ihm. Er lachte dazu. Alsdann, nachdem wir uns noch für den Abend besprochen hatten, entfernte er sich. Denn es gehörte zu seinen Wunderlichkeiten, daß er niemand, höchstens vielleicht einem seiner nächsten Freunde, seine Wohnung verriet, daß er niemand bei sich sah. Abermals aber hatte ich die Einsicht: dies geschah nicht aus der Notwendigkeit, etwas zu verschleiern, vielmehr um sich jeden in der Entfernung halten zu können, die ihm gut erschien. Denn ein Blick in die vier Wände eines Menschen lehrt, eine Stunde in ihnen mit ihm offenbart mehr, als eine noch so lange Gemeinschaft an Orten, deren Öffentlichkeit flüchtige Annäherung begünstigt und Intimität lähmt.

Immerhin wußte man nun schon mehr voneinander. Und nachdem es sich bald herausstellte, daß uns in Wien gemeinsam Freunde lebten, denen er trotz langer Entfernung in Treue zugetan war, von deren Ergehen, deren Eigenheiten, wie sie die Zeit an ihnen zugeschliffen hatte, ich ihm manches berichten konnte, so gestaltete sich der Verkehr allmählich vertrauter. Selbst mitten in einer ausgelassenen Gesellschaft hatte er manchmal etwas zu fragen, das nur uns beiden wichtig war und also die keimende Herzlichkeit verstärkte, und ich konnte vorsichtig nach jenem deuten, das mir an ihm wichtig erschien.

Er ließ sich das ohne Unbehagen gefallen, und einmal sagte er mir auf den Kopf zu: »Ich weiß wohl, was Sie von mir möchten. Es ist auch nichts dabei, was ich nicht sagen dürfte. Ich verstehe, daß ich einem tätigen Menschen unbegreiflich sein muß. Es hat aber seine guten Gründe, und ich will sie Ihnen einmal erzählen. Den letzten Abend in Rom wollen wir einsam verbringen. Ich weiß, der und jener in Wien, an dessen Meinung mir liegt, so wenig mir daran zu liegen brauchte, wird nach mir fragen, mißbilligt mich und mein Treiben aus zu guter Meinung von mir. Sie haben sich einmal was von mir erwartet, und es sind durchaus rührige Männer, die vorwärts kommen in der Welt, so daß ich ihnen ganz verwerflich erscheinen muß. Was ich also Ihnen erzähle, das gilt allen. Denn mich mit jedem einzeln auseinanderzusetzen, lohnt nicht.«

Er brach ab und machte eine grimmige Gebärde gegen einen Straßenjungen, der ihn allzu dreist und beharrlich umschwärmte.

So vergingen die kurzen römischen Tage. Rasch, schön und reich. Der Schwarm der Fremden begann sich zu verlaufen. Sie kehrten sich dem Süden zu, von dannen ich kam. Denn ich war mit dem Frühling gereist und hoffte, ihm folgen zu dürfen bis zu den Alpenpässen, durch die er seinen fröhlichen und festlichen Einzug in unser Nordland zu halten gedachte, mit Lerchenjubel, Maien in der Hand und Schlehdornblüte auf dem Hut.

Nicht eine tote Stunde war in all den Tagen. Oftmals ein Gefühl schwellenden Segens, das man in dankbarer Sehnsucht genießt, mit dem einen verschwiegenen Wunsche, sich's retten zu dürfen für die kargeren Zeiten, die nun notwendig kommen mußten. Schlechtes Wetter stimmte nachdenklich, nicht traurig, wie sonst wohl an fremden Orten und heimatfern.

Noch einmal hatt' ich den Göttern des Vatikan meinen Abschiedsbesuch gemacht. Der Tag war stürmisch. Es sauste zwischen den Säulengängen vor Sankt Peter, und die Springbrunnen übersprühten mich mit einem feinen Regen. Alsdann, bei siegreicher Sonne und sich erheiterndem Himmel, ging ich hinaus in die wenige Unendlichkeit der Kampagna, die sich schon völlig begrünt hatte.

Zu Abend trafen wir uns natürlich bei Fontana Trevi. Der päpstliche Soldo – sie sollen zuverlässiger wirken, als die des Königreiches – war als letzte Opfergabe für die Genien Roms vorbereitet. Man saß in nachdenklicher Schweigsamkeit beisammen und trank seinen Fraskatanerwein. Ein Bettelmusikant zupfte an seiner Guitarre. Das klang wie ein klägliches Grillengezirp, und mir war recht weich und weh ums beklommene Herz. Ein Abschied, hinter dem wenig Hoffnung aufs Wiederkommen stand, bedrückte mich.

Wir waren allein. Vom Platze her drang durch die abendliche Stille aufregend das Brausen der Wasser. Eine graue, müde Schläfrigkeit kam über mich, in der mir alles unterging. Mit halbem Sinn hörte ich auf Pozniánsky, der mir riet, doch unter allen Umständen und obzwar es bei meiner knappen Zeit eine böse Hatz sei, Orvieto und seinen Märchendom mitzunehmen. Ich versprach alles und dachte nichts. Er merkte das wohl, und auf einmal mit einer linden und tröstenden Bewegung fühlte ich seine Hand auf der meinen: »Sie müssen sich nicht so aufregen. Genau so war mir zu Mut, als ich vor vierundzwanzig Jahren Rom das erste Mal verließ und meinen Soldo in Fontana Trevi warf. Und ich bin doch wiedergekommen. Freilich erst nach sieben Jahren, alsdann aber, um mich für die Dauer hier einzuspinnen.«

»Sie – ja Sie«, entgegnete ich dumpf.

»Ich kenne diese Stimmung«, fuhr er unbeirrt fort. »Sie ist schlimmer als ein Katzenjammer. An wie vielen habe ich sie schon mitgemacht! Und es sind manche wiedergekommen.«

»Manche!« echote ich so kläglich, daß ich über mich selber lachen mußte.

Sein Gesicht erhellte sich. Er hielt mir sein Glas entgegen. »Nun ist's schon besser. Auf frohes Wiedersehen in Rom!«

»Auf frohes Wiedersehen in Rom?« Mein Zweifel war wieder wach.

Er neigte sich zu mir. »Und nun sollen Sie meine Geschichte haben. Ich habe sie gespart, denn ich weiß, in der letzten Stunde ist man dankbar und empfänglich für alles, das einem über das Trennungsweh hinweghilft.«

Ich horchte auf und er begann. Gleichmäßig erzählte er, rieselnd und mit einer großen Gelassenheit auch dann, wenn er von den leidenschaftlichen Dingen sprach. Er mochte die Geschichte sich oftmals zurechtgelegt, sie manch einem in gleichem Sinne und zu gleichem Ziel mitgeteilt haben. Ein Stückchen Weißbrot hielt er dabei zwischen den sehr schlanken Fingern, das er zerkrümelte, und in gemessenen Zwischenräumen, zur notwendigen Befeuchtung, nahm er sein Schlückchen Fraskati, der im Lichte aufglühte wie ein Rubin.

»Sie kennen den Namen meines Vaters. Er klingt noch heute, unvergessen wie der Name der Größten in seiner Kunst. Er hat seinen Platz in der Theatergeschichte. Und wer ihn immer gesehen hat und etwas von der Sache versteht, der wird Ihnen sagen: es haben ihn viele nachgeahmt, und wo Wladimir Pozniánsky gut war, dort ist ihm keiner nahegekommen.

Ich war sein einziges Kind. Und er hat mich sehr lieb gehabt, und ich bin ihm auch fast wie ein Vertrauter gewesen von erster Jugend an. Er hat nämlich manchmal sehr lang geschwiegen und wieder ein anderes Mal ein gewaltiges Bedürfnis gehabt, sich mitzuteilen, und er konnte dann stundenlang sprechen, ohne eine Antwort zu wünschen. Wenn nämlich der andere alsdann dennoch ein Wort zu ungelegener Zeit dazwischen getan hat, so hat ihn mein Vater ordentlich verdutzt angesehen, ist verstummt und war für den Abend nicht mehr aus seiner Schweigsamkeit herauszukriegen. Er hat sich sehr gefühlt, auch im Leben auf etwas von der Würde gehalten wie auf den Brettern.

Das hat aber zu Mißhelligkeiten und zu Trätschereien geführt. Da hat sich einer ein Wort aus einem langen Gespräch gemerkt und es herumgeschleppt wie einen rechten Wechselbalg und es endlich dem gesteckt, den es am wenigsten anging. Da war dann böses Blut. Und man hat gesagt: Pozniánsky übernimmt sich, läßt niemand gelten und ist ganz toll vor Hochmut. Kein Wort davon war wahr. Von wem immer er gelernt hat, das hat er nicht verschwiegen und war dem dankbar. Und anerkennen konnte er, ganz ohne Rückhalt, und hat viele gefördert, die dann, sowie sie's nur vermochten, ihm Fallen gestellt oder aus dem Haustor mit Steinen nach ihm geworfen haben. Es war nichtswürdig anzusehen.

Er hat ja auch seine Eigenheiten gehabt, die verletzen konnten. Er war in manchen Hinsichten sehr wunderlich und nicht umzustimmen. Zum Beispiel: einen Schauspieler, der sich in den Ferien den Bart stehen ließ, den hat er durchaus nicht mehr gemocht. Das sei, als schäme er sich seines Berufes, auf den er stolz sein müsse, weil er den Inbegriff aller Künste darstellt. Und man ziehe das nicht mit dem Kostüm aus und tue es auf zwei Monate von sich.

Es war ihm eben ernst mit der Kunst. Ernst wie keinem. Und darum konnte er so streng und rücksichtslos sein.

Weil es aber immer neue Verdrießlichkeiten gab, so hielt er sich mit der Zeit immer mehr und ausschließlich an mich. So hab' ich sehr bald schweigen und die Menschen kennen gelernt, besser als er selber, weil er immer Partei war. Er hat sie eigentlich immer nur so gesehen, wie er sie sehen wollte: Engel, solange sie ihm gefielen, und dann jeder Hingebung und jeden Opfers fähig für sie, und Teufel, sobald er nur eine Falschheit, was man so sagt, ein Haar an ihnen fand. Er liebte immer die scharfen Umrisse. Aber er hat sie dabei mit einer unglaublichen Schärfe des Auges studiert. Von jedem hat er sich was zu nehmen gewußt, und so war niemand für ihn verloren. Freilich, er hat dabei sein Gedächtnis überfüllt mit einer Menge Details für künftigen Gebrauch. Überhaupt – sein Gedächtnis! Das war ein Wunder, so unfehlbar und sicher!

Mit meiner Mutter aber – das war auch so eine merkwürdige Sache, die ich erst viel später begriffen habe. Überhaupt – was ich Ihnen da erzähle, das ist mir selber erst langsam und mit reifendem Verstand ganz klar geworden.

Sie hat ihn einmal sehr lieb gehabt. Und sehr stolz war sie auf ihn gewesen, denn die Weiber sind ihm immer und bis in seine letzte Zeit nachgelaufen. Und gerade sie hatte er unter allen genommen – das kitzelt. Und es war ihr ganz recht, daß er ein großer Künstler war und viel Geld mit dieser seiner Kunst verdiente, das sie verwaltet hat, weil er zu viel ein Mann der Launen war. Er konnte knickern, und wieder, wenn ihn etwas gepackt hat, so gab er so viel, daß es ganz gut war, wenn er nicht gleich dazu konnte und die erste Hitze verflog. Zu Hause aber sollte er nicht der große Künstler mit seinen Launen sein, sondern ihr wohlerzogener Mann; und weil er sein Genie nicht abschminken konnte, so hat sie sich erst gekränkt und ist später verstockt geworden. Er hatte auch eigentlich an nichts Freude, nur an seinen Rollen und am Theater. Und das paßte ihr nicht. ›In mein Haus muß mir nicht die Kulissenluft‹, hat sie gesagt und seine Freunde und Freundinnen scheel angesehen, mit denen er lustig war und sich erholte. Das also hat ihn verdrossen und ihn mehr und mehr von ihr entfremdet.

Sie war eben die Tochter aus einem guten Elberfelder Haus. Und fromm war sie, was er durchaus nicht gewesen ist. Nur auf Amulette und auf Glückszeichen hat er gegeben, und das hat sie in ihrem protestantischen Gefühl verletzt als Unfug und als papistisch römisches Zeug. Und manchmal, wenn er einen großen Erfolg gehabt hat und mit Freunden lange beisammen gewesen war, oder er hat sich an eine schwere neue Aufgabe gemacht, die ihm nicht gleich eingegangen ist, so hat er getrunken. Dann hat sie sich seiner geschämt, und erst hat sie versucht, das zu verstecken und zu bemänteln. Bald war ihr das zu viel, und sie hat gegen ihn und seine Freundinnen sehr harte Reden geführt, die er ihr niemals nach seinem Selbstgefühl verziehen hat. Auch vor mir hat sie nicht geschwiegen. Aus guter Meinung, und damit ich ihm nicht nachschlage. Ausgerichtet hat sie nichts damit. Ich war immer mäßig, aus schwacher Gesundheit und aus Anlage, und mein Vater war mir auch immer mein Gott oder sicherlich mehr wie ein Mensch. Ich werde zum Beispiel den Abend nicht vergessen, an dem ich zum erstenmale ins Theater durfte. Ich fing eben an, das Gymnasium in Dresden zu besuchen, und meine Kameraden begegneten mir mit einer gewissen Achtung, und auch die Professoren zeichneten mich aus, nur weil ich sein Sohn war. Und einmal sieht mich mein Vater mit seinen ernsten und tiefen und fremden wie verlorenen Augen zu Mittag an und sagt: ›Wladimir – den Tag merke dir. Du wirst heute zum erstenmale Wladimir Pozniánsky sehen.‹ Komödiantisch, werden Sie sagen, und affektiert. Kann sein. Aber, Sie haben es nicht von ihm gehört, so als könnte das gar nicht anders gesagt sein.

Sie gaben den Abend ein dummes und längstvergessenes Lustspiel. Das Haus aber war übervoll und in der gewissen Spannung. Und ich bin im Fieber ohne jeden mir bewußten Grund. Der Vorhang geht auf, und ich erkenne meinen Vater nicht. Ich sehe nur einen schlanken und sehr beweglichen Menschen, mit einer merkwürdigen Stimme begabt, die immer klingt, als verberge sich hinter den gesprochenen Worten noch etwas, und mit Augen, die dareinblicken, als wüßten sie Dinge, von denen man nicht reden darf. Und wie der Vorhang fällt, so bricht der Jubel los, und dieser Mann erscheint immer und immer wieder und verneigt sich mit einem lässigen, spöttischen Hochmut, und nun weiß ich es. Er ist es. Und ich umklammere die Hand meiner Mutter, als hätt' ich mich verloren, und mein Fieber wächst, und ich stammele so für mich: ›Unglaublich! nein, unglaublich!‹ Und sie reißt ihre Hand los von der meinen, und ich sehe ihre Lippen zucken, und sie flüstert so vor sich hin: ›Ja – aber sein wahres Gesicht?‹ Ganz für sich hat sie's gesagt. Kinder aber merken sich derlei und deuten es sich...

Zu Hause aber hat er mich geprüft. Ich hatte ein ausgezeichnetes Gedächtnis, und so hab' ich alles gewußt – den Hergang des Stückes, und was und wie er darin gespielt hat. Und wie ich in Eifer gekommen bin in der Erinnerung und dem sehr lebendigen und neuen Eindruck, der so stark war, daß ich bei geschlossenen Augen alles wieder vor mir in Bewegung und mit seinem zugehörigen Ton empfinde, das ganze Theater sehe, wie einem doch auch ein sehr helles Licht im Auge lebt, auch nachdem man es schon davor geschlossen hat, so falle ich in seine Gebärden und in seinen Gang und weiß es nicht einmal. Meine Mutter sieht zu, seufzt schwer auf und geht stumm hinaus. Er aber lächelt sein strahlendes Lächeln – man meinte alsdann, die Stube wird heller und die Lampen brennen schöner, und sagt: ›Junge, du hast ja Talent. Aber Schauspieler werden darfst du mir nicht.‹ Und wie ich denn – ich war natürlich ganz erfüllt gerade von diesem Wunsch – schüchtern frage: ›Und warum nicht?‹ da sieht er mich ungeheuer hochfahrend und finster an. ›Warum? Das Wort hast du dir abzugewöhnen, Engelchen. Mit meinem Willen, merke dir's, wirst du niemals in deinem Leben Komödie spielen.‹

Ich hab' es doch einmal getan. Freilich erst zu einer Zeit, da mein Vater nichts mehr wollen konnte, ich aber schon begriff, warum er den Gedanken, ich könnte jemals in seine Fußstapfen treten, so weit von sich geworfen hatte. Nämlich, ich hatte einen Freund gehabt, dem es mit dem Studium schief ging. Er mußte ein Mädel heiraten, und so ist er kurzen Weges mit ihr ins Elend und zur Bühne gelaufen. Damals war er in einer kleinen Stadt im Thüringischen engagiert, zu der noch nicht einmal die Bahn gegangen ist, und ich hatte ihm vordem einmal das Recht gegeben, er dürfe mich immer um einen Gefallen bitten. Da schreibt er mir nun, es gehe ihm gottsjämmerlich, und er habe sein Benefiz. Wenn er den Namen Wladimir Pozniánsky auf den Zettel setzen könne, so würden ihm die Leute die Bude stürmen, und ihm sei geholfen, und keine Seele in dem Nest würde fragen, ob es auch der rechte Pozniánsky sei oder wie der herkomme, oder die Neugierde allein werde sie hinreißen. Mich juckt's – ich fahre auf unerhörten Wegen hinüber und spiele den Hermann in den Räubern, den mein Vater manchmal zu seiner Erholung, und um den Leuten zu zeigen, daß dem richtigen Mann jede Rolle recht sei, gegeben hat. Ganz nach ihm und mit großem Erfolg. Nur gewundert sollen sie sich haben, wie jung der große Schauspieler Pozniánsky eigentlich noch aussieht, und daß er einem andern, der also sicherlich sehr viel können muß, den Franz überläßt. Das hat meinem Freund auch späterhin noch sehr genützt. Aber mir war den Abend nicht gar wohl. Als säße der Vater mit seinem zornigen Gesicht da, als ginge er mit heftigen Schritten hinter den jämmerlichen Kulissen auf und nieder, als hätte ich einen schlimmen Frevel und einen argen Mißbrauch mit seinem großen Namen, wenn auch zu gutem Zweck, begangen.«

Wladimir Pozniánsky machte eine längere Pause. Er hüstelte – er hatte nämlich eine schwache Brust –, tat sein zierliches Schlückchen, wischte sorgfältig an seinem Bart und schüttelte, meinen Durst mißbilligend und neidend, den Kopf. Alsdann, erquickt und gestärkt, fuhr er fort:

»Von diesem ersten Abend an mußte ich sehr oft ins Theater. Bis mir sein ganzes Repertoire vertraut war. Und immer mußt ich ihm Rechenschaft geben über meine Eindrücke. So habe ich früh sehen und vergleichen gelernt.

Er hatte damals kein festes Engagement mehr. Im Wiener Burgtheater war das letzte gewesen. Dort aber vertrug er sich nicht mit Laube, der ihn nicht entdeckt hatte und ihm also niemals gerecht geworden ist. Reizbar und ungeheuer leidenschaftlich war mein Vater immer gewesen. Und argwöhnisch ist er auch geworden und mit gutem Grunde. Denn sie hätten ihn natürlich am liebsten umgebracht. Das ging nicht gut, so haben sie ihn mit Nadeln gestochen und gegen ihn als unbotmäßig und launenhaft gewühlt an Orten, die er nicht besucht hat, weil er es nicht nötig hatte, sich der Gnade zu empfehlen, wo er doch die allgemeine Gunst besaß. Zu Ausbrüchen seines Temperaments haben sie ihn gereizt. Alsdann waren sie die Unschuldigen und er allerdings der große Künstler, aber auch so herrisch und ein Störenfried, daß man beim besten Willen nicht mit ihm leben konnte.

In Bezug auf das Verdienen war ihm das gleich. Er hat sogar sich als freier Mann besser gestanden, und es ist ganz falsch, wenn man sagt, er sei an der Überanstrengung seiner Gastspiele zugrunde gegangen. Er hat sich niemals so gehetzt, wie es nun viele tun. Immer hat er sich geschont und zwischen zwei großen Rollen, die ihn hergenommen haben, hat er eine ganz leichte Lustspielfigur eingeschoben, mit der er selber seinen Spaß hatte, und hat sich auch niemals übermüdet gefühlt, hat sehr auf seinen Ruhetag gehalten, und seine ausgiebigen Ferien, in denen er langsam seine neuen Aufgaben studierte. Er hat nämlich sehr, sehr lange zu einer neuen Rolle gebraucht und ist nicht damit herausgekommen, bevor er nicht vollkommen fertig war damit und alles herausgeholt hatte, was nach seinem Verstande und seinen Einsichten darin gesteckt hat.

Wir hatten unsere ständige Wohnung ganz im Grünen in Dresden und machten auch ein großes Haus. Er meinte, das gehöre zu einem Künstler von seinem Rang, und wir haben auch niemals das verbraucht, was er erworben hat. Vertan hat er nichts, nur gelegentlich gern ausgegeben, für einen schönen Teppich oder so etwas. Und die Stadt mochte er gerne. Sie ist still und doch nicht ohne Leben, wohlfeil und sehr freundlich in allem. Auch liegt sie, so an der Grenze von Österreich und Deutschland, für einen fahrenden Schauspieler sehr bequem; man macht gute Musik, und es ist ein sehr anständiges Theater da, an dem er immer ein willkommener Gast war. Nur fesseln mochte er sich nicht mehr lassen, und sie konnten ihm auch das nicht mehr bieten, was er fordern mußte.

Mit meinen Studien war das ein eignes Ding. Ich weiß noch heute nicht, was er mit mir vorhatte. Ich mußte Sprachen lernen, und wie er sich immer mehr und immer ausschließlicher an mich und meine Gesellschaft gehalten hat, so bin ich zu allen seinen Gastspielen mitgenommen worden samt meinem Erzieher. Aber Sie können sich denken, was das für ein Lernen war, einmal in der Hotelstube und einmal anderwärts. Allein sein aber konnte er nicht. Er mußte jemand im Hause wissen, an den er sich wendete, für den er gewissermaßen allein spielte. Meine Mutter mochte nicht mit. Sie saß daheim, ließ sich beneiden und sich den Hof machen und verzehrte sich in stillem Kummer.

Nämlich – sie war grenzenlos eifersüchtig. Und vielleicht nicht einmal so aus Leidenschaft, wie aus ihrem sehr strengen Begriff von Recht und von der Ehe. Und wie ich erst einmal älter war, so habe ich gesehen, daß mein Vater mehr als ein Mensch hätte sein müssen, sollte sie keinen Grund dazu haben. Da ist die große und beständige Versuchung. Da sind die Kolleginnen für einen Abend, die wissen: ein Wort dieses Mannes, und mein Weg ist gemacht, und die geneigt sind, dieses Wort mit allem, am liebsten mit der ihnen geläufigsten Münze zu bezahlen, die sich oftmals geehrt fühlen und das gar nicht verhehlen, wenn sich der große Künstler aus seiner Wolke oben zu ihnen herabläßt. Und dann die Enthusiastinnen mit ihren närrischen Briefen, mit dem Sturm in sich, den er entfacht hat und nun beschwichtigen soll. In Stößen sind solche Briefe gekommen, aus allen Schichten, von der Fürstin bis zur Näherin, und ganz besonders, wenn man wieder einmal in Wien war, hat man Merkwürdiges erlebt, das mir nicht so lange verborgen bleiben konnte, als mir vielleicht gut gewesen wäre.

Daß meine Mutter derlei ahnte, war sicher. Daß sie's nicht mitansehen mochte, konnte ich ihr nicht verargen. Es wäre, glaube ich heute, manches anders geworden, hätte sie mehr von der richtigen Geduld, die nicht hadert, gehabt. Aber die ist nicht eines jeden Sache. Sie zog sich in ihre beleidigte Frauenwürde zurück, und es war dann bei uns zum Frieren traurig, und sogar ich, trotz meiner Jugend, war ganz glücklich, wenn es wieder fortging. Dann rieb sich mein Vater die Hände: ›Wladimir, nun geht's dreispännig in die Welt!‹ Auch wenn sie nur etwas mehr Anteil an seinem Beruf genommen oder bezeigt hätte, so wär's gut gewesen. Dagegen aber nährte sie mit den Jahren einen immer stärkeren Haß, als an sich sündig und als Quelle aller seiner Sünden, und war doch an alle seine Erfolge und ihren reichen Ertrag gewöhnt und hatte sie hingenommen wie etwas, das gar nicht anders sein darf. Er aber hätte niemals und zu keinem Menschen hin einen ersten Schritt gemacht. Was er tat, das war gut, weil er's so tun mußte. Und so haben sie denn, wenn wir nicht Gäste bei uns hatten, oft in Monaten kein überflüssiges Wort gesprochen.

Einmal brachte sie das Gespräch auf meine Zukunft und was das mit mir werden solle. ›Zum Leben wird er haben. Ein gebildeter Mensch. Ein Komödiant nicht‹, sagte er mit seiner höflichsten Verneigung, ›schon aus Rücksicht auf dich nicht.‹ Und sie schwieg.

Er liebte die Musik leidenschaftlich. Die mußte also gepflegt sein, darauf bestand er, und ich dank' es ihm nun ins Grab, obzwar mir vordem seine Rücksichtslosigkeit in diesem Sinn manchmal Pein genug gemacht hat und als Quälerei erschien. Sowie man am Ziel war, noch so müd' von der Reise, so mußte die Geige hergenommen werden und geübt sein. Sonst störte ihn in seinen Studien alles, Musik war ihm nie zuviel; er schnitt höchstens vergnügte Grimassen dazu und suchte die Verse, die er eben wiederholte, der Weise anzupassen, die eben erklang. Ein Konzert, etwa der Philharmoniker, die an Sonntagnachmittagen spielen, auszulassen, wäre ihm eine große Sünde gewesen. Und wenn er sich einmal an seiner Rolle recht aufgeregt hatte, und er kam mit Zittern in den Händen aus dem Theater, wo nichts gegangen war, wie es sollte, und sein Kopf glühte, und er wollte keinen Menschen sehen, so mußt ich bis tief in die Nacht spielen, und er ging auf und nieder und hörte summend zu, oder er setzte sich nieder und stierte mit seinen großen, unheimlich großen Augen, in denen es in seinen späteren Jahren manchmal wie das Entsetzen vor etwas Unfaßbarem, Unentrinnlichem gewesen ist, auf mich herüber, ehe er ohne Laut, ohne Kuß und mit müden, erschöpften Bewegungen zur Ruhe gegangen ist. Ich glaube, er hätte gerne einen großen Komponisten aus mir gemacht.

Es fehlte mir auch sonst nicht an Gelegenheiten, Bildung zu erwerben. Gesehen habe ich doch sehr viel, und er, der selber zu nicht viel kam, bestand unbarmherzig darauf, daß mich mein Lehrer zu allem Wichtigen führe. Und an klugen und ernsthaften Gesprächen, denen ich zuhören durfte, war denn auch kein Mangel. Wer kam nicht alles zu uns! Da waren Schriftsteller mit neuen Stücken, die er auf seine Rolle hin prüfen sollte und denen er dann von seinem klugen, aber nur schauspielerischen Standpunkt seine Ansichten auseinanderlegte. Man hat nämlich wirklich das Gefühl dabei gehabt, als nehme er einen Stoff her und breite ihn auseinander, daß man jede Falte sieht und jeden Faden und wie er verläuft. Oder Direktoren und Agenten haben sich die Türe in die Hand gegeben. Und ihnen allen gegenüber war er wie ein König und ein Gebender. Ja, ganz so war er, und ich habe die Großartigkeit einer solchen Existenz mitgenossen und mitgelebt. Und mir hat man geschmeichelt: und die kleinen Mädchen vom Theater haben mir schön getan und Süßigkeiten gegeben – nun, je nach den Jahren, so Süßigkeiten. Und so bin ich denn sehr früh reif geworden und habe sehr jung mein Stück Leben gehabt, so daß es mir vielleicht deshalb später leichter geworden ist, auf alles zu verzichten. Und ich habe gesehen, was eine Persönlichkeit kann und was sie wert ist. Denn zum Beispiel: wir sind irgendwo eingerückt, recht wie Eroberer, und es war in den Schauspielern auch die gewisse Bangigkeit vorher, und ich bin gewissermaßen inkognito, so als Kundschafter, im Theater, um die Bude zu prüfen und zu sehen, was sie für eine Komödie machen, weil ich das wirklich aus dem Grund verstanden habe. Nun, sie haben sich's geleistet, so gut, wie sie konnten, also recht jammervoll, sagen wir. Und dann an seinem Abend, sowie er auf die Szene gekommen ist, so war's ganz anders, und alle waren anders und voll Eifer und um ein gut Ende gewachsen. So hat er und er allein sie mitgerissen und gehoben. Überhaupt wenn der Mann seinen guten Tag hatte! Aber – Sie müssen darüber andre hören...

So bin ich in mein mündiges Alter gekommen, ohne eigentlich an einen Beruf zu denken. Denn ich habe einen gehabt. Mein Vater hat nicht gut und nicht gerne geschrieben, wie das oft bei Menschen ist, die zu gut sprechen. So ist mir seine Korrespondenz zugefallen, die groß und nach allen Hinsichten wichtig und verantwortlich war. Da war Geschäftliches zu ordnen. Oder es war der Plan für die Einteilung seiner Gastspiele zu machen, damit es nach der Ordnung, ohne zu großen Gewinnentgang und wieder ohne erschöpfende Hatz abgehe. Oder ich hatte den Bankiers seine Aufträge zu überbringen. Denn er wollte sein Geld niemals an einem Fleck beisammen wissen. Dazu hat er niemand genug getraut und hat auch gern profitiert – nach seiner Weise. An jedem großen Ort, an dem er regelmäßig zu erscheinen pflegte, hatte er ein Depot, und es machte ihm Spaß, zu beheben und einzulegen, zu befehlen, mich und den Bankier in Atem zu halten, zu kaufen und zu verkaufen und den gerissenen Geschäftsmann zu spielen, der er doch gar nicht war. Das war ihm eine Aufregung, wie es einem andern das Kartenspielen ist, und eine Ablenkung von seinen Gedanken, die ihn früher manchmal recht viel Geld gekostet hat, weil in seinen Berechnungen immer etwas Phantastisches von tausend Möglichkeiten war, das man bei etwas Gewissenlosigkeit, wenn man seine Einbildungen zum Durchgehen brachte, recht leicht mißbrauchen konnte. Ich habe das eingesehen und war somit sehr nüchtern und auf unsrer Hut. Es war drollig, wenn er einmal anfing, mit den unerhörtesten, für die damaligen Verkehrs- und Theaterverhältnisse undenkbaren Gastspielerträgen zu rechnen, die er in einer Weise nutzbar zu machen gedachte, die schon durchaus wucherisch war. Und wenn er dann ein Riesenvermögen beisammen hatte, so erstanden Stiftungen für erwerblose Schauspieler mit Abstufungen nach der früheren Bedeutung, mit Regeln bis ins kleinste, und Schulen für ihre Kinder und ein fürstliches Besitztum, alles zu überwachen und zu leiten für sich selber und uns. Und auf einmal lachte er hämisch und grell über sich selber, stippte mit dem Finger so vor sich, als stieße er ein Kartenhaus um. ›So – da hätt ich wieder ein hübsches Luftschloß möbliert...‹

Sie haben keinen vollkommeneren Mann gekannt. Und wenn ich eigentlich nichts gelernt habe, so hat er doch tausend Bildungsbedürfnisse in mir geweckt, und sie sind mir in meiner Einsamkeit geblieben, und ich langweile mich sonst nicht leicht und habe kein leeres Leben. Kommt's einmal über mich, so geigt man sich's weg. Wir konnten keiner mehr ohne den andern sein. Und dennoch, bei aller Vertraulichkeit ist niemals an die Schranke gerührt worden, welche Vater und Sohn scheiden muß. Ging er seiner Wege, so habe ich mir nicht einmal recht Gedanken getraut. Er ist eben immer über mir und in der unbedingtesten Verehrung gestanden.

So sind wir wieder einmal nach Wien gekommen.

Die Stadt hat ihn immer aufgeregt. Ich denke, es war doch seine große Kränkung, daß er sich vordem hatte vom Burgtheater wegdrängeln lassen. Denn es war in jener Zeit doch in aller Welt die einzige Bühne, auf der er als Erster unter Vollbürtigen hätte wirken können, und wo immer sonst er gespielt, hat er sich wie verbannt und vereinsamt betrachtet.

Ohnedies – er hat sicherlich mit einer Hingebung gearbeitet, wie sonst kein Mensch. Bei ihm stand alles. Mit seinem unvergleichlichen Scharfsinn war es überlegt und ineinandergefügt mit den eisernen Klammern seines unbeugsamen Willens, der niemals ein Hindernis zwischen sich und seinem Ziele gekannt oder mindestens anerkannt hat. Mehr damit als durch seine Begabung wollte er auch erreicht haben, was er dem widerspenstigen Leben abgetrotzt hatte.

Aber seiner Sache sicher war er niemals. Er brauchte viel, um in Stimmung zu kommen, und den ersten Abend kämpfte er immer mit bösen Ahnungen und schwankte und wollte absagen. Ich allein, nicht die Tausende, die in Erwartung und angereizt vom Klange seines Namens dasaßen, konnte merken, wie unsicher, wie zaghaft gewissermaßen der Mann begann an einem solchen Eröffnungsabend, wie umflort seine metallene Stimme klang, wie tastend, mit ängstlich vorgestreckten Schneckenhörnlein sozusagen, er seine ersten Szenen nur probierte. Bis er warm ward von der Schwüle, die vom Haus zur Bühne zieht, und der erste Beifall sich regte. Es war dann zunächst etwas Verwundertes in seinen Augen. Alsdann aber war der Bann gebrochen. Er war sicher und blieb es. ›Daniel in der

Löwengrube, noch ohne Kenntnis vom geschätzten Appetit der Bestien‹, spottete er selber über sich.

Dieses Gastspiel in Wien nun war ein großer Triumph, und zwar in Gegenwart fast aller seiner ehemaligen Kollegen, die, soweit sie dienstfrei waren, im Theater saßen. Ich sagte ihm das, und er, noch übermüdet von den Aufregungen, sah mich mit den ernstesten Augen an, und mit einer heiseren Stimme und einem müden Zug, der diesmal zum erstenmal nicht der Freude über den großen Sieg weichen wollte, sagte er mir: ›Ja – die Troika geht mir noch so ziemlich in die Hand.‹

Ich hatte das Bild wohl schon von ihm vernommen, aber noch nie so bestimmt, und sah ihn also mit ziemlichem Erstaunen an.

›Du weißt doch, was eine Troika ist?‹

›Ja.‹

›Also‹, und sobald er von seiner polnischen Heimat sprach, hatte er den gewissen lispelnden und zischenden Akzent des Polen, den er sich sonst mit seiner starken Selbstzucht völlig abgewöhnt hatte, – ›also man reist damit bei mir zu Hause. Und es ist ein schönes und ein flinkes Fahren: das Mittelpferd mit dem hohen Bogenjoch und den hellen Schellchen, und das Geläut der beiden andern Pferdchen ist harmonisch dazu gestimmt. Das klingt lustig, und es geht in der weiten Ebene mit dem Wind in die Wette, daß man wie betrunken wird von der sausenden Luft und der schwindelnden Bewegung. Und so, in der Troika, kutschiert jeder Künstler von meinem Rang in der Welt herum. Aber er hat drei meisterlose Pferde vor den Wagen gespannt. Er kann sie wohl bändigen mit seiner ganzen Kraft und mit seiner ganzen Achtsamkeit, aber wissen muß er immer dabei, ein wie gefährliches Fahren das ist. Es kann das Mittelpferd straucheln, und er es nicht mehr aufreißen, oder der Handige steigt in bedrohlicher Weise; oder der Sattlige will einfach nicht mehr, oder sie alle zusammen brennen ihm durch, nicht mehr zum zügeln, und werfen ihn in einen Graben oder in einen Abgrund, daß er zerschellt. Sie gehorchen ihm und sie tragen ihn, wohin er kommen will – aber nur solange er stärker bleibt als sie und sie den Herrn spüren, der nur mit der Zunge schnalzen muß, damit sie wissen: er treibt sie an. Noch bin ich stärker, aber‹ – er dämpfte seine Stimme bis zum Unhörbaren – ›sie gehen mir immer strenger im Leitseil, und sie reißen so furchtbar an den Zügeln.‹

Ich konnte das Bild nicht gleich begreifen. Melancholische Anfälle waren bei meinem Vater nicht selten, der eben das schwere Slawenblut in den Adern hatte, und er war sehr leicht niedergeschlagen, viel leichter als erfreut und viel nachhaltiger. Und endlich – ich hörte das, wie man so manches hört, und dachte nichts dabei, besonders, weil ich damals andre Gedanken im Kopfe zu haben begann – Gedanken erfreulicher Art, und die mich sehr beschäftigten.

Nämlich – ich war nach aller Ordnung der Dinge verliebt.

Sie wissen ja, wie das mit so vierundzwanzig Jahren ist. Man hat seine ersten Erfahrungen gemacht. Sie sind auch danach. Besonders wenn man mit dem Theater zu tun hat, ein Zigeunerleben lebt und die Weiber sich an den Sohn heranmachen und den Vater meinen. Die Flegeljahre hat man allerdings hinter sich; aber so ganz überwunden sind sie nicht, daß man nicht oftmals rückfällig würde. Erst hat man geschwärmt; das liegt nun schon hinter einem. Nun ist man, so aus Angst, man könnte wieder in den Sirup und den Honigseim und alle seine Klebrigkeit geraten, frech und zynisch und weiß dennoch ganz genau, dies ist wieder nicht das Rechte, sondern nur so ein kleiner Übergang.«

Er hielt inne und tat einen stärkeren Schluck. Sein Glas stand leer. Und obgleich er wußte, der Aufwärter verstünde kein Wort deutsch, so schwieg er argwöhnisch und nachdenklich dennoch, bis der Fraskati wieder vor ihm stand. So in einer gewissen Selbstvergessenheit saß er da, und ganz leise, nur zwischen den Zähnen pfiff er die Takte einer sehr süßen und einschmeichelnden Weise. Alsdann fuhr er sich mit der Hand über die Stirn und hub wiederum an:

»Ich denke, es war den dritten Tag unsers Wiener Aufenthaltes. Der Vater hatte den Königsleutnant gespielt. Er mußte da keine Maske machen – nur den Schnurrbart vor, und fertig. Solche Rollen hatte er am liebsten. Denn er konnte in ihnen die volle Beweglichkeit und Ausdrucksfähigkeit seines Gesichtes verwenden und ganz unmittelbar wirken. Es hat ihn auch gerade in derlei niemand erreicht.

Also – der Erfolg war sehr groß. Ich habe meine tägliche Arbeit vorgenommen, die Kritiken durchgelesen, ausgeschnitten und ordentlich, wie er es liebte, nach dem Alphabet eingeklebt in ein großes Buch, das für Wien allein und aus allen Jahren bestimmt war, von der Stunde seines ersten Debüts hier an. Wir mußten so immer wahrhaftig mit einer kleinen Bibliothek reisen. Danach habe ich die Briefe durchgemustert. Was Gesuche und sonst Bettelbriefe sind, das hat man schon so im Griff. Die habe ich geöffnet, weggeworfen, nach meiner Vollmacht erledigt oder, wenn ich annehmen konnte, ihr Inhalt werde ihn interessieren, so habe ich sie auf seinen Tisch gelegt, wo schon ein ganzer Stoß von der gewissen andern Sorte lag.

Mit Wappen, mit Parfüm, in Löschpapier. In allen möglichen Schriften. Mit der Post sind sie gekommen und von Dienstmännern und Livreedienern überbracht worden. Er hat sich immer darüber gefreut, wenn er sich auch wenig darum kümmerte. So gar jung war er doch nicht mehr, aber sie waren ihm die Beweise der heftigsten, unmittelbarsten und persönlichsten Wirkung. An mich kam gar nie ein Brief. Verkehr und Freunde hatte ich nicht. Ich war ja auch nur ein Schatten mehr, den mein Vater geworfen hat.

Er blieb den Tag lange im Bett. Es war ein vollkommener Ruhetag. Nicht einmal eine Probe, wobei er sich immer mit Anordnungen und den Mitwirkenden aufgeregt hat, die ganz brav, für ihre gewohnten Aufgaben sogar ausgezeichnet, aber doch nicht in seinem Range waren, hat man angesetzt gehabt. Er war somit sehr vergnügt und munter; wie er zu mir herüberkommt, blättert er in den Kritiken und pfeift, wie nur in der allerbesten Laune, sein ›Noch ist Polen nicht verloren‹, sieht die Briefe mit einem sehr durchtriebenen Gesicht durch, das er nur bei solchen Gelegenheiten geschnitten hat, wirft sie gleichgültig weg oder ruft mir einen Auftrag zu, oder notiert sich etwas in sein Notizbuch, und ist so munter und frisch, daß man sich in ihn verlieben konnte. Mit einem Brief spielt er, überliest ihn immer wieder und gibt ihn mir dann mit einem gewissen Ernst und mit einer feierlichen Handbewegung, wie er etwa auf der Bühne Lehen zu vergeben pflegte.

Ich gucke hinein. ›Ja – was soll's damit?‹ fragte ich mit einer zynischen Grimasse.

Er steht auf, kommt langsam auf mich zu. Die Hand auf meiner Schulter, Auge in Auge und sehr eindringlich sagt er: ›Du sollst hingehen und dem Mädel Abbitte tun für das, was du eben von ihr gedacht hast.‹

›Ach? und warum denn?‹ meine ich neugierig und spöttisch.

›Weil das keine solche ist, wie du meinst.‹

›Von wannen kommt Euch diese Wissenschaft?‹ frage ich ironisch.

›Du bist manchmal recht ein ekelhafter Bengel, Wladimir‹, antwortet er. ›Du bist jung und redest in den Tag hinein.‹ Ich sah wohl, er war noch nicht ernsthaft böse, aber auf dem Wege dazu, und es war also hoch an der Zeit, einzulenken. ›Du weißt, Papa, ich tue immer und alles, was du wünschest. Ich werde also hingehen, obzwar in der Epistel kein Wort von mir steht und die hoffentlich junge Dame nicht den Wunsch nach meiner Bekanntschaft und nur eine große Sehnsucht nach der deinigen äußert‹, sag' ich.

›Ich sollte dir's nun eigentlich verbieten, hinzugeben, aber, nun merke auf. Das Mädel da ist aus einem guten Hause. Denn sie schreibt ein ordentliches und sogar ein sehr gutes Deutsch, was man doch in Wien nicht regelmäßig tut. Und es hat Augen im Kopf. Denn was sie sagt, das trifft die Sache und nicht daneben. Sie schwätzt nicht und sie plärrt nicht, auch wo sie schwärmt. Und die Schrift ist, wie sie sein soll – sie gefällt einem und ist akkurat und reinlich. Aber – sie ist streng gehalten. Denn man sieht ordentlich, da sind abgerissene Zeilen – wenn vor ihrer Tür nur ein Schritt gegangen ist, so hat sie mitten im Fluß der Worte aufgehört und hat den Brief versteckt und aufgeatmet und mit klopfendem Herzen und mit zitternder Hand weitergeschrieben, bis es wieder ruhig im Hause war. Und geschämt hat sie sich im Schreiben. Ganz verwirrt war sie, denn sie vergißt ganze Worte, oder sie schreibt sie nicht zu Ende, wiederholt sich – so ohne alle Beherrschung war sie und hat sich doch nicht helfen können und mir danken müssen für das, was sie so unmittelbar gefühlt habe. So ist das Mädel, voll Temperament und voll Bravheit. Und sie denkt nicht weiter, nur sehen will sie mich und mir die Hand drücken; und sie denkt nicht weiter und ist dennoch beklommen. Also: dafür habe ich genug erlebt und genug Briefe von der Sorte bekommen, um dir sagen zu dürfen, die ist nicht so und rennt in ein Abenteuer. Und sie will gar keines, und du sollst sie kennen lernen und ihr abbitten und den Brief aufheben. Ich wette – er bleibt nicht allein.‹

›Ja, aber sie verlangt doch gar nicht nach mir.‹

Eine Zigarette hat er sich angezündet. Das war seiner Stimme halber selten und nur nach einer Erregung. ›Ist deine Sache, daß sie's später verlangt und mit dem Tausch zufrieden ist. Im allgemeinen: sie ziehen nach einigem Besinnen dem Alter die Jugend vor und den Freien dem Gebundenen.‹ Er brach ab und setzte sich.

›Ich werde somit gehen, Papa.‹

›Ja, tu das. Und sei klug. Denn, Wladimir, du hast eigentlich bisher nur Weibsbilder gekannt und nicht das Weib. Es ist Zeit, daß du das kennen lernst. Denn diese Weibsbilder verziehen, das Weib erzieht. Du mußt nun bald in diese Schule kommen, sonst wird im Leben nicht mehr das aus dir, was ich gerne aus dir gemacht hätte – ein richtiger Mann. Was du von mir haben konntest, hast du.‹ Er war sehr weich geworden. Und Sie werden begreifen, daß ich mir diese Unterredung ins Gedächtnis geschrieben habe, so daß ich mir jedes Wort merkte, und jeden Gestus und jeden Ton immer noch nach so vielen Jahren beeidigen könnte.

Ich bin also zeitig an den Ort gegangen, der im Briefe bestimmt war.

Es war ein einsamer Platz in der inneren Stadt. Wenige sehr hohe Häuser. In einer schmalen Seitengasse, die nach der Herrengasse geht, stehen wenige Fiaker, ruhig, bieten sich nicht an, so daß man sieht, die machen ihr sicheres Geschäft. Eine alte, häßliche Kirche, zugesperrt und abscheulich gelb getüncht, ist in der Mitte des Platzes. Und so zu Mitte November ist es gewesen. Ein leiser Nebel, den man mehr in sich saugt als sieht, ist in der Luft, fast kein Wind; einzeln langsam schwebende Marienfäden und eine gewisse Feuchte, obzwar die Sonne geschienen hat. Ein frischer Spätherbsttag.

So wart' ich ein Weilchen. Eben nur so lange, daß man in Spannung bleibt, ohne schon ungeduldig zu werden. Und wie die Glocken die bestimmte Stunde zu schlagen beginnen, huscht sie aus einer Seitengasse vor und guckt sich um. Ich weiß nicht, war sie so pünktlich oder hat sie nur mit klopfendem Herzen, tausend dunkle und törichte Erwartungen darin, und an seinem Pochen die Zeit messend, bis sie erscheinen durfte, den Stundenschlag ersehnt.

Ganz verdutzt und betroffen sieht sie sich um. Sie war gar nett und unauffällig angezogen. Wienerisch. Das Kleidel sehr einfach – aber gut gemacht, und da ist eine Masche angebracht, und dort flattert ein Band, und das Ganze hat ein eignes Gesicht und sitzt wie angegossen, und man sieht, wie jung und gelenk die Glieder sind, die im Kleide stecken. Und schnelle Augen hat sie, die mit einem Blick über den Platz huschen, wie in einem Flug, und alles bemerken. Und wie sie sieht, ich bin allein, so zögert sie im Gehen, und in ihren Blick kommt etwas Verdutztes, Fragendes, wie man's hat, wenn man sich ganz was andres erwartet und ganz was andres findet.

Ich besehe mir das einige Minuten und habe meine Freude an dem ganzen Benehmen, ehe ich meinen Hut ziehe und mich vorstelle: ›Wladimir Pozniánsky.‹

Sie schielt mich von der Seite an. Fast gehässig. Mit einem bösen Zug um den Mund. Gar nicht mehr wie sechzehnjährig. Älter, zornig in ihrer Hilflosigkeit und erregt. Und sie gibt mir keine Antwort.

›Ich habe mir erlaubt, Ihrer freundlichen Einladung nachzukommen und freue mich wirklich, Ihre Bekanntschaft zu machen.‹

Wieder keine Antwort. War sie erst ein Augenblickchen stehen geblieben, so kehrt sie sich nun und nimmt den Weg, den sie gekommen ist. Sehr hastig, daß sie außer Atem gerät. Es hilft ihr aber nichts. Ich habe lange Beine und bleibe immer an ihrer Seite. Und wie sie sieht, sie entkommt mir so nicht, bleibt sie stehen. ›Ich bitte, mein Herr – verlassen Sie mich.‹ Sie sagt das sehr bestimmt. Aber in der hellen und klaren Stimme ist ein Zittern, und es ist wie ein Flor darüber geworfen.

Fällt mir natürlich nicht ein. ›Aber, Fräulein – ich erfülle doch nur Ihren eignen Wunsch...‹

Sie stampft mit dem Fuß, ohne sich darum zu kümmern, daß wir schon in einer belebteren Gasse sind, und es ist in ihrem Ton, nun sie spricht, das Gellen wie bei Kindern, wenn sie sich ängstigen und ehe sie mit Weinen losbrechen: ›Ich bitte, mein Herr...‹

›Aber, Fräulein‹, ich bin aus Neugierde grausam, ›dazu mußten Sie mich nicht rufen.‹

›Ich bitte, mein Herr!‹ Ihre Faust ballt sich. ›Meine Lektion habe ich. Ich will sie mir merken. Aber nun ist's genug!‹ Und mitten auf der Straße bricht sie in Weinen aus. Ganz fassungslos. Nur so gerissen hat es sie.

Nun hab ich's. Allein lassen kann ich sie so nicht, wo sie in einer grenzenlosen Aufregung ist. Ich nehme sie beim Arm. Sie zuckt zusammen, ist aber in ihrem Jammer ganz wehrlos. In ein Haustor führe ich sie in der Hoffnung, daß sie sich da beruhigt. Sie schluchzt weiter, mir wird ganz peinlich, und sie tut mir so leid, daß ich mir nicht mehr zu helfen weiß. Ein Fiaker fährt endlich vorbei. Ich wink' ihm, hebe sie hinein, setze mich zu ihr. ›Fahr zu!‹ ›Wohin, Euer Gnaden?‹ – ›Wohin du willst, nur zu!‹ Sie rückt von mir ab, so weit es nur geht, weint dabei immer jämmerlicher, nur leiser, und mir wird ganz weh dabei, und es kommt mir vor, als seien wir beide, besonders aber mein Vater, unendlich roh gegen sie gewesen, und es gäbe gar keine Entschuldigung mehr für uns.

Ihre Hand liegt in ihrem Schoße. Ich tippe daran: ›Fräulein...‹ Sie reißt mir sie fort. Und in ihre Ecke duckt sie sich ordentlich hinein und weint wieder lauter und heftiger.

Nun, bin ich mit meinem Latein gänzlich zu Ende. Wir fahren sehr langsam durch die Hauptallee im Prater. Das hat auf dem weichen Grunde etwas merkwürdig Wiegendes, Einschläferndes. Ich fühle, sie wird ruhiger, und um sie ja nicht aufzuregen, sehe ich ganz weg von ihr auf die Kastanien. Sie sind schon ganz kahl, und sie sehen so jämmerlich aus. Nur manchmal hängt noch ein zausiges Büschel brandroter Blätter an ihnen. Sonderbar, wie beklemmend es sich nur im Wagen atmet! Ich mache das Fenster auf, und sie atmet kräftiger, wie wenn sich ein Krampf lösen will, und ich merke, die Kühle tut ihr wohl, die da hereinhaucht.

›Fräulein‹, fange ich wieder an.

›Ja?‹ Ich weiß nicht, ist das ein Seufzer oder ein Wort.

›Fräulein - Sie haben die Sache vollkommen mißverstanden. Nämlich - ich heiße doch ganz so wie mein Vater. Sie haben einen ganz harmlosen Scherz tragisch genommen. Und das ist doch sonst nicht wienerisch.‹

›Nein?‹ Das klingt schon etwas bestimmter und klarer. Sie haucht in ihr Taschentuch und fährt sich damit über die Augen.

›Und es hat Ihnen kein Mensch zu nahe treten wollen‹, fahre ich schon mit besserer Überzeugung fort, ›im Gegenteil, Fräulein!‹

›So?‹ Und sie blickt immer noch unverwandt in ihren Schoß, und ich habe den einen Wunsch, sie möchte mich ansehen mit lachenden Augen.

›Und Sie sollen meinen Vater doch auch kennen lernen‹, lüg' ich weiter. ›Nur heute hat er nicht können, und um Ihnen das zu sagen, hat er mich geschickt.‹

›Ja?‹ Und ihr Mund verzieht sich wieder.

›Ja! Und Sie haben mich doch gar nicht zu Worte kommen lassen‹ - merkwürdig, wie mir das nur vom Munde geht, und wie bereit ich bin, alles zu beschwören! - ›Mein Vater wird sich sehr freuen, Sie kennen zu lernen, wenn immer sie es wünschen und sich eine passende Gelegenheit dazu bietet.‹

›Ja?‹ Und nun gleitet ein Lächeln, das sich noch nicht recht traut, über ihr Gesichtchen.

›Ja‹, und es kommt ein Bedürfnis nach Wahrhaftigkeit über mich. ›Ja, und wenn Sie nur ahnen würden, wie richtig Sie gerade mein Vater schon nach Ihrem Brief beurteilt hat! Ich staune nur!‹ Und ich erzähl' ihr alles, und wie ich zu ihr geschickt worden bin, gewissermaßen um was Besseres, Höheres kennen zu lernen. Und nicht wie am gestrigen Tage spöttisch, sondern im Ernst zitiere ich den Tasso: ›Willst du genau erfahren, was sich ziemt, so frage nur bei edlen Frauen an.‹

Sie gibt immer noch keine Antwort. Aber sie rückt mir ein wenig näher, und ihre Linke läßt den Fensterriemen los, den sie umklammert hat, sie tut beide Hände ineinander und ist ganz still. Alsdann: ›Aber nun muß ich nach Hause.‹

›Wohin soll ich den Kutscher befehlen?‹ frage ich das Fräulein.

Sie sieht mich an – lang und prüfend. Dann nennt sie die Adresse.

›Und darf ich Sie wiedersehen, Fräulein Marie?‹

›Ich‹ – sie zögert – ›ich weiß das jetzt noch nicht. Das muß überlegt sein.‹

›Aber – Sie sind mir nicht mehr böse?‹ Und ich hasche nach ihrer Hand.

Sie rückt weg. Wieder mit dem verängstigten Blick, von dem ich mir schwöre, ich will ihn nie mehr an ihr sehen! ›Nein, nein. Gar nicht mehr. Aber lassen S' mich...‹

Der Wagen hält, und sie verschwindet im Haustor.

Also, in meiner allernächsten Nähe hat sie gewohnt. Fast gegenüber dem Theater. Das müßte doch des Teufels sein, wenn man sich bei gutem Willen nicht bald wieder einmal träfe! Daran, so schwör' ich mir, soll es bei mir nicht fehlen, und betrachte in dem Gedanken mit ganz ausbündigem Wohlgefallen einen Anschlagzettel mit meinem Namen. Heißt das, mit meines Vaters Namen. Und gleich den nächsten Tag nehme ich zwei Parkettsitze, nicht unmittelbar vor meinem, aber so, daß ich diejenigen, die darauf sitzen, vollkommen überwachen kann, und schicke sie an sie. Für derlei ist man in Wien immer dankbar und empfänglich. Sie kommt auch richtig. Einmal, scheint es mir, bemerkt sie mich und neigt sich, daß man seine wahre Freude hat, wie schlank ihr Hals ist und wie zierlich und hübsch ihre Gebärden sind. Nur eine Grasmücke oder Bachstelze kann es noch so hübsch. Alsdann nimmt sie die Komödie gänzlich gefangen – es war Faust, bis auf Mephisto jämmerlich genug – und ihre Wangen glühen, und sie erregt sich und weint über Gretchen und entsetzt sich vor Mephisto und ist ganz Sache und ganz glücklich.

Ich habe aber den Tag meine Sache nicht gemacht, wie ich sollte und verpflichtet war. Ich hatte nämlich meine Lust viel zuviel mit dem vor mir, als daß ich recht kritisch und aufmerksam auf das gepaßt hätte, was sich auf der Bühne begab.

Wenn ich nämlich keine Vorstellung meines Vaters auslassen durfte, und hatte ich ihn auch noch so oft in einer Rolle gesehen, so hatte das seinen guten Grund. Ich habe Ihnen schon gesagt, wie unsicher er in allen seinen Erfolgen und in seinem Triumphzug – auf der Troika nach seinem Wort und seinem Lieblingsbild – immer geblieben ist. Er hat nämlich behauptet, auf der Bühne habe die Inspiration nichts zu schaffen, sonst sei die Zeit der betrunkenen Künstler wiedergekommen. Die Aufgabe der Begeisterung sei erschöpft mit dem Empfangen einer Rolle, mit ihrem Erkennen und Durchschauen, ohne daß man einen Grund wüßte, bis in die kleinsten Beziehungen für sich selbst und zu den andern Figuren des Stückes. Nur im Unvollkommenen, das eben erst wird, habe sie Raum und Gültigkeit. Vor das Publikum aber gehören keine Experimente mehr. Die müssen zu einem ganz bestimmten Resultat abgeschlossen sein, ehe man heraustritt, sonst ist es Mißachtung gegen den Dichter und gegen das Publikum. Weil er sich aber gekannt und gewußt hat, wie unbändig er ist, so hat er sich immer beobachtet, auch alsdann, wenn er ganz fortgerissen schien, hat sich sozusagen gegen sich selber gestemmt. Das hat ihn ungeheuer angestrengt, und darum mußte er sich schonen. Und weil er sich mißtraut hat, als nicht unbefangen und zu furchtsam vielleicht, weil ein Kunststück, tausendmal geraten, doch einmal schief gehen kann, so mußte wer da sitzen, der ihn und seine Auffassung und wie er's zu Hause vor seinem Studierspiegel gemacht hat, kannte bis ins kleinste. Der war ich. Und seitdem er mir die Sache mit der Troika erzählt, und noch ehe ich vollkommen verstanden hatte, wie er's meinte, mußte ich, wie vorher schon, zu ihm auf die Bühne, wenn er sich abgeschminkt hatte. ›Kein Pferd hat Geschichten und Manderln gemacht, Wladimir?‹ – ›Keines, Papa!‹ So war's gut, und er wußte, er konnte sich unbedingt auf meine Ehrlichkeit, mein Urteil und meine Sachkenntnis verlassen. Aber Sie mögen sich denken, ich hatte da nicht eben eine leichte Aufgabe und ganz besonders diesen Abend ein böses Gewissen. Übrigens hatte er so ungeheuer durchgeschlagen, daß diesmal die Frage rein eine Formsache war.

Der Erfolg des Gastspiels übertraf alle Begriffe und Erwartungen, es mußte verlängert werden. Nicht einmal für teures Geld ein Platz im Hause. Sie können sich denken, mir war's ganz recht, daß wir blieben. Denn den nächsten Tag hatte sich Fräulein Marie Klemperer in einem sehr artigen und an Wladimir Pozniánsky junior adressierten Brief für die Aufmerksamkeit und die große Freude bedankt, die ich ihr bereitet hätte. Und das übernächste Mal habe ich ihr einen Ecksitz geschickt, und wie sie an mir vorbeigeht – denn ich war natürlich zeitig im Theater – so grüße ich, und sie verneigt sich förmlich genug, aber mit einem gewissen Lachen in den Augen, und ich muß mich bei mir wundern und kann es kaum glauben, daß ich dasselbe Mädchen vor mir so ganz fassungslos gesehen habe. Und einmal stellt man sich der Mutter, mit der sie gekommen ist, vor und wird als Freudenspender natürlich freundlich aufgenommen, und einmal, ganz zufällig, trifft man sich in der Praterstraße und bummelt zusammen, und sie hat gar keine Furcht vor mir, und ein andres Mal, diesmal nicht mehr ganz zufällig, begegnet man sich auf dem Minoritenplatz und geht in die Kirche, in der doch gar nie ein Mensch ist...

Wissen Sie, mir war die Sache ganz was Neues. Und ihr auch, und erst recht. Sie war aus gutem Haus. Aber schrecklich nüchtern und sparsam waren ihre Leute. Deutschböhmen, in sehr anständigen Vermögensverhältnissen, die eigentlich nur fürs Geschäft gelebt haben. Vor der Bildung haben sie einen großen Respekt gehabt, somit auch vor dem Theater, weil das dazu gehört. Aber es mußte so billig sein wie nur möglich, zum Beispiel kurze Stücke, wegen des lieben Sperrgeldes. Und sie war so garnicht so. Munter, vergnügt und dennoch eine Enthusiastin. Aber von der gewissen braven Anständigkeit war sie, innerlich brav und rein, daß man nichts Unsauberes bei ihr dachte, desto minder, je mehr man sie kennen lernt und lieb hat. Wie zwei Kinder waren wir manchmal, die Verstecken spielen, nur nicht in einem Hof, sondern in der großen Stadt. Hat man einmal aus alter Gewohnheit etwas vor ihr geredet, was ihr nicht paßte, so hat sie die Stirn kraus gemacht und einen ordentlich erschreckt angesehen, daß es einem in die Seele ging und man sich über sich ärgerte. Man mußte sich sehr in Acht nehmen bei ihr.

Und endlich – hier war ich endlich selber wer. Nicht wie immer und durch mein Leben nur ein Anhängsel des großen Wladimir Pozniánsky mit ganz demselben Namen. Denn nicht einmal mehr hat sie nach meinem Vater gefragt oder seine Bekanntschaft gefordert. Gewünscht freilich hat sie sich's immer noch. Aber der war der große Künstler, den sie bewundert, und mich hat sie ehrlich gern gehabt.

Ich habe damals schon bei ihnen verkehrt im Hause. Und da hab' ich das Mädel erst recht verstanden. Nämlich, es waren wirklich schreckliche Leut', ihre Leute. Ganz eingetrocknet bei lebendigem Leib, wie die türkischen Zwetschgen, in denen er ein schwunghaftes Geschäft getrieben, und nach denen es auch immer so sehr süß gerochen hat bei ihnen. So eine steife Feierlichkeit in allem und eine gegenseitige Hochachtung, und kein lautes Wort und kein Lachen. Und bei allem, was geschehen ist, hat man den möglichen künftigen Nutzen berechnet. Und Erholung muß sein, weil sonst der Mensch zur Arbeit untauglich wird, aber vernünftig muß sie sein, sonst schadet sie seiner Arbeitsfähigkeit. Und jedes Vergnügen ist nachgerechnet und vorgekaut worden, bis es einem in den Zähnen geklebt hat. Klavier muß sein – ich bitte Sie, die Musik als bildende Erholung! Und Französisch, wenn man's kann, empfiehlt sehr. Für beides war ich sehr zweckdienlich zu gebrauchen. Sonst aber – einmal haben sie die Karten fürs Theater ganz gern genommen, und dann haben sie sich wohl gedacht: noch ein paar Tage und alles ist vorbei. Ich habe meinem Vater gegenüber kein Wort über meinen Verkehr verloren. Er nach seinem Verstand wußte sicherlich, was das bedeutete, und befal mir eines Abends ganz unerwartet, ich solle ihm das Mädchen zeigen. Von der Bühne herab hat er sie dann beobachtet, was er bei leichten Rollen gern tat, wie um seine volle Freiheit auszuprüfen. Und wie ich dann zu ihm in die Garderobe gekommen bin, so sieht er mich groß an, spitzt vergnügt den Mund und nickt, so recht mit sich und der Welt zufrieden. Und ich kann nicht anders, und ohne daß ich's will, lacht mein ganzes Gesicht, und ich nicke ihm auch mit meiner ganzen Herzlichkeit zu. Dabei haben wir zwei, nämlich das Mädchen und ich, niemals von Liebe gesprochen, und ich hatte ihr damals höchstens einen Kuß auf die Stirn gegeben, aber wir haben uns insgeheim geduzt – ohne jede Abrede ist das ganz von selber gekommen, – und es war uns recht weit um die Brust, wenn wir einander gesehen haben, als müßte das sein und immer so bleiben, aber ohne jede Aufregung und in der guten Überzeugung, das kann niemals schlechter sein, als es nun ist, und wird mit der Zeit immer nur besser werden können. Ich meine, Sie werden verstehen, wie das gewesen ist. Es läßt sich gar nicht glauben, wie hübsch.

Einmal – ich hatte Geld genug, um mir das leisten zu können, verstand überhaupt zu wirtschaften, weil ich doch immer Verantwortlichkeiten hatte – einmal nehme ich also eine Opernloge. Es war ein guter Wagner-Abend, und wir sitzen und horchen und schwelgen. Mitten darin geht die Tür auf. Ich kenne diesen Schritt und sehe mich also dankbar um. Er winkt mir ab. Sie aber spürt, daß wer da ist und wer es sein muß, der sich so still verhält, und sie wird so aus sich heraus rot, erst leise, dann wie sie ihre Neugierde und Befangenheit zugleich bekämpfen will, so wird das Rot immer stärker und glüht ihr bis in den zierlichen Hals hinein, aber sie zwingt sich und wendet keinen Blick von der Bühne. Erst im Zwischenakt wendet sie sich und verneigt sich und sieht ihn an. Ich habe in keinem Auge mehr einen solchen Ausdruck gesehen: so stolz und so innig und so schämig. Mein Vater ladet sich ihre Leute zum Abendessen ein; wir haben zusammen gespeist, und er war ihr gegenüber ritterlich und vornehm und artig, wie nur er es sein konnte, wenn ihm daran gelegen war.

Sie muß ihm sehr gefallen haben, denn er hat von der Zeit an öfters von der Zukunft gesprochen. Niemals direkt. Das war nicht seine Gewohnheit, denn er wollte sich nicht daran erinnern, daß auch er älter werde. Aber er meinte gelegentlich, es müsse sich zu dritt ganz gut reisen. Und man könne sich anderwärts eine neue Wirtschaft einrichten, wo es wärmer und heimeliger als in Dresden. Man werde doch wohl bald nach Wien zurückkommen müssen, und er habe eine Vorliebe für die Wienerinnen, denn sie taugten entweder garnichts, oder sie seien vortrefflich. Ich habe mir jeden Satz gemerkt und recht ausgelegt, den er so hingeworfen hat, hab's aber ihr nicht wieder zugetragen, weil ich mich gefreut habe, ein Geheimnis, das uns beide angegangen hat, für mich allein zu haben, wie um sie einmal überraschen zu können mit einer Tatsache. Und so haben wir denn auch Abschied genommen ohne Rederei und ohne Getue. Aber wie zwei, die nun einmal wissen, sie gehören für immer zusammen, und sie trennen sich wohl, aber auf ein schönes und beständiges Wiedersehen. ›Zum Frühjahr‹ habe ich gesagt, und habe sie zum erstenmal auf den Mund geküßt, und sie hat den Arm um mich gelegt und hat mir den Kuß wiedergegeben, unbefangen und ganz ohne Ziererei. Das hat es überhaupt nicht bei ihr gegeben. Und weil sie ihrer selbst so gewiß war, so war sie auch immer und bei jedem sicher.«

Er verstummte und sah in sein Glas. Ein trüber Bodensatz war darin – das Fäßchen ging zur Neige. Über seiner Stirn lag ein Nachglanz der Jugend; das Mephistophelische war verschwunden, und eine stille Versunkenheit war an ihm. Er war hübsch und gut, wie wohl einmal in den fernen Tagen, da er jenes Herz gewonnen. Nach seiner Brieftasche langte er und tat sie vor sich auf den Tisch. Seine Finger spielten nervös und wie verlangend damit; alsdann mit einem Entschluß verbarg er sie wieder. Er sah nach seiner Uhr und seufzte.

Ich wollte nicht stören. Aber die Pause währte lange und wurde peinlich, bis er wieder anhub: »Also das Ende...

Wir gingen fort. Zunächst nach Breslau. Dann über Weihnachten nach Dresden. Und wenn mir etwas passiert ist, was mich freute oder wovon ich meinte, sie solle es wissen, so hab' ich's ihr geschrieben. Gutes und Schlimmes, wie sich's eben gefügt hat. Regelmäßig ist die Antwort gekommen. Einfach und ehrlich, ohne jede Kunst, aber ich freute mich über jeden Zettel. Und immer war ein Schnörkel da, daß man erkannte, ihr sei vom Grund des Herzens so sehr bang um mich, und sie zähle die Tage bis nach Ostern, das ihr und uns noch so ferne war, und es sei wieder grau und eintönig um sie.

Mein Vater war nicht mehr der alte. Ich weiß nicht, habe ich ihn nun erst mit andern, mit den richtigen Augen angesehen, nun, seitdem ich wußte, ich werde nicht mehr lange ausschließlich für ihn sorgen dürfen? Oder hat sich wirklich erst damals ausgesprochen, was sich schon lange in ihm vorbereitet hat, was er mit seiner großen Kraft des Willens in sich bezwungen hat, wie man Rebellen niederschlägt, bis sie endlich in einer letzten Erhebung ihre Sache gewinnen?

Er hat mir Sorgen gemacht.

Nicht eigentlich auf der Bühne. Da war er immer noch der Meister und tiefer denn je. Aber nachher ist er immer erschöpft und müde gewesen. Und etwas Fahriges ist in ihm gewesen und hat seinen Ausdruck gesucht. Er hatte keine Geduld mehr mit andern, und sein Urteil war schneidend und von oben herunter und hat böses Blut gemacht. Es kam unerwartet und wegwerfend wie ein Peitschenhieb in viele Gesichter. Wenn ich ihm aber zuredete, er solle sich Ruhe gönnen und ausspannen, so hat er mich angeherrscht: ›Was, die Troika in die Remise, und die Pferde laufen lassen?‹, und ich hatte ihm gegenüber niemals Mut und die nötige Entschiedenheit. Er war schon damals krank, und ich hätte entschlossen sein müssen, wie ein Arzt es ist gegenüber seinem Patienten. Er aber hatte sich niemals meistern lassen und war von Kindesbeinen gewohnt, zu gebieten. Und als wollt' er die Stimmen in sich übertönen, die ihn zur Ruhe riefen, so fing er mit Projekten an. Er selber wollte sich seine Truppe bilden, wie sie in Deutschland noch nicht da war. Die Besten und die Ersten in einem Haufen. Denn die Zeit des stehenden Theaters sei vorüber, und man müsse endlich eine Musterbühne schaffen, ein Vorbild für die übrigen, an der man nichts Wertloses spielen dürfe, sondern nur in jeder Gattung das Beste in vollendeter Darstellung, und wo man keine Rücksicht zu nehmen brauche auf das Publikum, weil man immer wieder vor einem neuen Publikum stünde.

Geglaubt hat er selber nicht daran. Denn ein andermal, den Tag bin ich wirklich erschrocken, hat er alle Rollen verbrannt, die er noch studieren wollte, und alle Stücke ohne ein Wort zurückgehen lassen, die man ihm zur Prüfung übergeben hatte. Er habe davon genug. Er habe es nicht nötig, jedes Narren, der sich an ihn mache, Vertrauensmann und Berater zu sein. Und wie ich ihn ganz ohne Fassung ansehe, weil ihm die rastloseste Arbeit doch immer Bedürfnis gewesen ist, so legt er mit seinem großen Gestus die Hand auf meine Schulter: ›Wladimir, mein Sohn, der Kutscher darf einmal müde werden. Und ich wollte, ich könnte ausspannen und wäre zu Hause. Zu Hause...‹ Er wendet sich, und ich war eigentlich froh damit, denn ich hätte nicht mehr an mich halten können, so weh war mir bei dem Ton.

Immer öfter hat er von der Troika gesprochen. Nun stieß sie so sehr. Nun ging sie nach Wunsch. Fast, als wäre das eine fixe Idee geworden bei ihm, als hätten sich seine Gedanken in dieses eine quälende Bild verfangen, als hingen sie an den Strängen dieses Wagens, hilflos und unfähig, sich davon zu befreien. Und die Hatz über Stock und Stein gehe dabei mörderisch weiter. So habe ich mich denn auch immer mehr damit beschäftigt und es langsam ergründet. Denn, was er immer unter den Pferden gemeint, hat er niemals ausgesprochen, und ich mußte so selber hinter ihre wechselnde Bedeutung kommen.

Nämlich der Wagenlenker, der mit eiserner Faust die drei Rosse meistert und in der richtigen Linie erhält, das war sein Wille und sein Verstand, der nicht einen Augenblick nachlassen oder die Zügel verlieren darf. Alle drei müssen sie ihn ohne Erbarmen spüren. Und das eine Roß, das er sich vorgespannt hat, ungebärdig wie ein Füllen und scheu, das war sein ungezügeltes Temperament. Das mußte niedergehalten sein, ihm nicht durchgehen und, wenn es stieg, so nur, damit man erkenne, wie feurig es sei. Das andre aber, das am meisten im Geschirr gehen mußte, das war sein Gedächtnis, dem er gerade bei seiner Art zu arbeiten und zu gestalten Übermenschliches zugemutet hat. Denn sein Repertoire war sehr groß und umfaßte die umfänglichsten und die verschiedensten Rollen. Er anerkannte kein Fach – man könne Komödie spielen, oder man könne es nicht. Alles andre sei daneben gleichgültig. Und nun durfte auf der Bühne nichts um ein Stücklein anders kommen, als er sich's ausgedacht hatte. Das fordert eine niemals ermüdende Selbstüberwachung. Und der dritte Gaul, der gerne stolpert und nicht mehr weiter will, das war seine Zunge. Er war ein Meister der Sprache, und mit ihr allein, wenn er losging, hat er manchmal Wunder vollbracht. Aber das ist ihm sauer geworden, und nur durch viele Mühe hat er es dazu gebracht. Denn er war kein Deutscher und hatte in seiner Heimat schon einen großen Ruf, ehe er deutsch lernte. Und so mußte er fürchten, er falle wieder einmal ins Lispeln oder in den gewissen Singsang der Polen oder ins Vorstoßen einzelner Buchstaben, ließe er sich nur einmal gehen. Und er konnte eine Niederlage nicht heil überstehen...

So fährt man von Stadt zu Stadt. Und es ist eine immer steigende Angst in mir. Nämlich, es steckt mich die Art meines Vaters langsam an. Es kommt der Abend, und er hat den ganzen Tag eine Aufregung bemeistert und seine Furcht vor dem, was dieser Abend bringen kann. Mit allen möglichen Mitteln hat er seine Ahnungen bekämpft. Und es ist ihm dennoch nicht geglückt, nicht völlig geglückt, und seine Beklommenheit macht sich Luft und sucht sich einen Ausweg, gegen wen immer und in welcher Weise immer. Das gibt natürlich Zusammenstöße und Explosionen, über die sich der Mann natürlich später Vorwürfe macht. Und er verträgt nicht das Gefühl, im Unrecht zu sein.

So gibt es endlos und in jedem Sinne Szenen. Auch mit mir, und es gehört viel Liebe dazu, sich in ihn zu finden. Viel Liebe und viel Geduld, und er darf sie nicht einmal bemerken, sonst fühlt er sich krank und bevormundet und geht zechen, nur aus Trotz. Und ich denke mir oftmals: ein Mann ist nicht fähig, diese gewisse Komödie um einen Menschen in meines Vaters Verfassung so zu spielen, wie es sein sollte. Da gehörte ein Weib von der besten Sorte her. Und an solchen Tagen habe ich dann längere Briefe als sonst nach Wien geschrieben. Länger und so voll verschleierter Sorge.

Dabei muß man über jede Eruption eigentlich noch froh sein. Denn nach einem Ausbruch, der manchmal ziemlich ins Geld geschnitten hat und den vorzeitigen Abbruch eines Gastspieles veranlaßte, war er wieder ruhiger und wie befreit von einem Druck, der auf ihm gelegen hatte. Bezwang er sich aber, so war gegen Abend das Fieber besonders schlimm, und es hat hinter den Kulissen gewiß Sturm gesetzt. Dann ist er nicht einmal zu einem Spaziergang zu bringen gewesen. Er will sich nicht auch den Tag über angaffen lassen wie ein Kamel mit Höckern. Auch zu sonst nichts war er zu bringen gewesen, was ihn sonst aufgeheitert hat. Vor seinem Spiegel ist er gestanden und hat seine Rolle geübt, und ich mußte den Atem an mich halten, weil ihn unter Umständen sogar der stören konnte.

Also, es wird endlich Abend, und ich muß ins Theater. Nicht mehr mit der Freude, wie noch vor kurzem – begreiflich. Und man sitzt da, abgemüdet von unbenannten Sorgen, und es ist die mir vertraute Spannung in der Luft, die ich mitfühle. Natürlich. Und in mir ist noch etwas, etwas Schlimmeres. Ein Fieber ist es oder eine atemlose, neugierige Erwartung, gegen die ich mich nicht wehren kann. Die Komödie beginnt, und das verflüchtigt sich, und sie packt mich und reißt mich mit, und ich bin ganz Auge, Aufmerksamkeit,

Beobachtung, wie ich es sein muß. Aber sie hat mich nicht allein. Das ist meine Aufgabe, die ich pflichtgemäß erfülle, in der ich lebe, weil ich das seit Jahren gewohnt bin. Aber ich bin nicht mehr ganz hingegeben an sie; denn das andre steckt tiefer, weicht durchaus vor nichts, und es ist da und wartet mit einem grausamen Kitzel, bis es das Seinige bekommen wird, und es hofft und fürchtet etwas Unerhörtes, von dem die andern, diese stumpfe und träge Menge, die mein Vater aufrütteln soll, noch nichts ahnen, und ich habe ganz für mich meine neue und beispiellose Erregung.

Kommt's? Wann kommt's? Wie kommt's? Und wenn der Vorhang endlich unten ist und die Menge zerstreut sich: dieser, umkehrend noch vor dem Ausgang, zu einem letzten Beifallsklatschen, andre stumm, alle erhitzt, befriedigt oder zweifelnd, denn er hat manchmal gerne auf den Widerspruch gespielt – und immer sie allesamt in seinem Bann und beherrscht von seiner Meisterschaft. Denn er ist niemals besser gewesen, als wenn er sich zwingen und bändigen und eigentlich erst freispielen mußte. Niemals gewaltiger als diesen selben Winter, wo ihm die Pferde immer härter in die Hand gingen und ihn immer dorthin zu reißen drohten, wovor es ihm gegraut hat. Denn ich selber habe eigentlich nur noch in diesem Bilde gedacht, und es ist mir Nüchternem manchmal gewesen, als stünde ich hinter ihm auf dem Karren, und wir würden fortgehastet in einer unerhörten und nicht mehr zu dämmenden, in einer ganz außerordentlichen Eile.

Wir sind diesen Winter sehr viel zusammen gewesen. Nach jeder Vorstellung und sehr lang. Er hatte seine Flasche Bordeaux vor sich, und ich mußte geigen, oft, bis uns der Morgen in die Fenster geschienen hat. Er hörte zu und trank – denn er blieb immer mäßig, wenn ihm der Rausch nicht Bedürfnis war, bei großen Verstimmungen vielleicht – sehr bedächtig, und er war ganz Gefühl, und alle Gedanken und Besorgnisse in ihm haben geschwiegen. Ich habe, sah ich auf sein Gesicht oder seinen Ausdruck oder auf seinen nickenden Kopf, damals für Empfindung und wahrhafte Musik mehr gelernt als bei allen meinen Meistern und habe den Segen der Musik so recht tief und dankbar begriffen.

Es war ganz besonders eine Rolle, vor der sich mein Vater gefürchtet hat. Das war ähnlich, wie sich bei nervösen Menschen manchmal eine grundlose, aber vollkommen unbezwingliche Angst vor einem bestimmten Platz entwickelt, und zwar meist vor einem, über den sie oft gehen müssen. Da ist ihnen, als stünde in jedem Haustor ein Mörder, und in ihrem Rücken stünde einer mit der Büchse im Anschlag. Das Gefühl wird immer ärger, bis gerade auf dem Platz wirklich etwas geschieht. Und er konnte auch diese Rolle nicht vermeiden. Das wäre ihm wie Verzicht auf seine ganze Meisterschaft vorgekommen. Denn es war seine größte Rolle – der Mephisto.

Er hat sie nach seiner Art verstanden wie keiner. Nämlich, hat er gesagt, Mephisto ist doch kein dummer Teufel, der sich ohne Grund in Geschäfte einläßt, bei denen für ihn nichts zu holen ist als Plage und Blamage am Schluß. Er darf nicht meinen, der Kampf zwischen ihm und Gott sei entschieden für immer. Damals ist er unterlegen; aber der zahlende Tag kann bald kommen. Er muß sich somit für zwar augenblicklich schwächer, aber für viel gewitzter halten, als sein alter Widersacher ist, darf durchaus nicht an Gottes Allwissenheit glauben. Sonst ist die ganze Tragödie ein Unsinn und die Wette um Fausts Unsterbliches schon gar. Und Gott mißbraucht seine Überlegenheit in einer durchaus nicht zu billigenden Weise. Und dann ist Mephisto auch ein Elementargeist. Er wird also nicht einen Augenblick sein wie den andern, sondern immer bedingt von seiner Umgebung, gewissermaßen gefärbt von ihr wie das Meer, das allerdings immer gefärbt erscheint, aber immer und überall in andern Tinten aufleuchtet.

Die Rolle haben sie nun begreiflicherweise immer und überall von ihm begehrt. Sie hat ihn sehr angestrengt in ihren ewigen Sprüngen der Gedanken wie der Stimmung. Er hat sie unablässig überprüfen und nachlernen müssen, und immer hat er sich gefürchtet, sie könne ihm entgleiten, der Königsmantel ihm verloren gehen, den er sich selber um die Schultern geschlagen hatte. Es war sein Stolz und sein Ruhmestitel in seinen eigenen Augen, daß er den Faust ins Volk getragen hatte. Und mit seiner ganzen Zähigkeit, mit der er alle Hindernisse, ihm von der Natur selber in seinen Weg hineingeschmissen, überwunden, mit seiner wilden Leidenschaftlichkeit, ordentlich ingrimmig und mit knirschenden Zähnen verbiß er sich desto mehr in den Mephisto, je schwieriger er ihm geworden ist. Vordem hatte er sich in der Rolle gespart. Nun, wo es nur irgend gegangen ist, hat er ihn gegeben. Und zwar mit Vorliebe zu Beginn und am Ausgang eines längeren Gastspiels. Er hat, um gleich in der Stimmung zu sein, schon zu Hause Maske gemacht, alle Register seiner Stimme geprüft, ist den ganzen Tag in Maske geblieben, und wenn er zufällig jemand, ein dummes Stubenmädel oder eine ängstliche Frau, auf dem Hotelgange damit geschreckt hat, so hat er gelacht – ein heiseres, hämisches, böses Lachen aus seiner Rolle, das mir freilich so wenig wie solche Scherze gefallen hat.

Es ist in Darmstadt gewesen. An einem Faust-Abend. Und ich horche verwundert. Er spielt freilich alles wie sonst, aber es klingt anders. Er lispelt. Er stößt Konsonanten vor. Und da kommen manchmal gepreßte Gaumenlaute, und die Vokale sind anders gefärbt. So spricht doch kein Deutscher! Und die Zunge ist schwer und überhastet sich manchmal in den Läufen seiner Rede. Und es fällt mir aufs Herz: das eine Pferd lahmt – das in der Troika.

Ich habe ihn den Abend nicht mehr zu Gesicht bekommen. Ich muß ein wenig Luft schöpfen danach, obzwar niemand im ganzen Hause außer mir etwas merkt und der Jubel ist wie nur je. Er läßt sie unerhört lange pochen und klatschen, ehe er mit einem argwöhnischen und lauernden Gesicht erscheint. Sie nehmen das als aus seiner Rolle und werden nur noch toller begeistert. Zu Hause war er bereits zu Bett. Den nächsten Tag aber, wie die Zeitungen kommen, tritt er mit hastigen Schritten auf mich zu, reißt sie mir aus der Hand, überfliegt sie mit finsteren Brauen, wirft sie aufatmend hin und verläßt ohne Gruß oder Wort die Stube. Nur von der Schwelle aus nickt er mir zu, den Finger am Mund und rückwärtsschreitend.

Dann gehen wir nach Hamburg. Dort haben sie ihn grenzenlos verehrt. Denn sie wissen sich was damit, daß sie eigentlich in Deutschland die älteste Theaterstadt sind. Er beginnt natürlich mit Mephisto. Es geht vortrefflich. Nur daß er, wie um sich zu spornen, um einen guten Ton schärfer einsetzt wie sonst, um so wenig spitziger und schneidender, daß nur eben ich es merken kann. Das macht nichts. Vor einem Graben nimmt man eben einen Anlauf, obzwar es freilich besser ist, man setzt mühelos und mit gleichen Füßen darüber.

Aber – er schließt nach den vierzehn Tagen, die er Zeit für Hamburg hatte, auch damit. Und nun bin ich stutzig. Denn es kommt die Szene in der Hexenküche, sonst gewissermaßen sein Gipfelpunkt. Alle seine Gaben hat er in ihr gezeigt. Dämonischer Humor, eine grenzenlose Frechheit, ein Übermut, der, weil er keine Welt erschaffen kann, sie mindestens zertrümmern möchte, ein zischender Hohn sondergleichen, höllisches, also parodistisches Pathos – und dennoch gebändigt und gemäßigt alles durch das eiserne Band des Maßes. Das fehlt den Abend, und die Rolle zerbröckelt in gewissem Sinne. Es zucken grelle Lichter über die Gestalt. Aber Lichter, die nicht er angesteckt hat, die nicht mehr erhellen, die mir einen furchtbaren Brand verkündigen. Ich bin sehr niedergeschlagen. Und sie merken etwas, die ihn zu feiern gekommen waren, und es ist nicht mehr die Stimmung im Haus wie sonst. Man ist befremdet, und erst später, in der Szene in Marthes Garten, ist alles, wie es sein soll. Es weht wieder zwingend von der Bühne zu dem Hörer, und er ist mit allen Ehren von Hamburg geschieden.

›Wladimir – das war Nummer zwei‹, sagte er mir den Abend. Ich habe nicht den Mut zu einer Lüge, senke den Kopf und schweige verstört von dem, was ich sich nähern fühle. Sein Temperament, das er für die Bühne völlig bezwungen glaubte, war ihm durchgegangen...

So sind wir denn, ohne Station zu machen, nach Berlin zurückgekehrt. Er hat nichts von der Hamburger Sache gesprochen, obzwar sie an ihm gefressen hat. Nur sehr niedergeschlagen war er eine Zeit. Mit einem Entschluß kämpft er, und ich weiß doch, dieser

Entschluß ist unmöglich bei einem Menschen von der Gesinnung meines Vaters, ganz abgesehen davon, daß die Absage des Berliner Gastspieles ein kleines Vermögen gekostet hätte. Nach einem letzten, großen Triumphe kann er der Bühne entsagen, nicht nach einer Niederlage. Und so wünsche ich denn einen großen Sieg und hoffe doch kaum mehr darauf.

Er ist ungemein teilnehmend zu mir. Seine ganze Liebenswürdigkeit entfaltet er. Er frägt mich um meine Sache und macht Pläne für die Zukunft. Nach Italien will er durchaus mit uns, und dann nach Paris, den Franzosen auch einmal zeigen, wie man in Deutschland Komödie spielt. Schreibe ich nach Wien, so muß ich einen Gruß von ihm beisetzen, oder er wirft gar mit ein Wort aufs Papier. Das freut mich und ist mir wieder recht unangenehm. Denn weil ich nie weiß, ob er nicht wird einen Brief sehen wollen, so muß ich doppelte Korrespondenz führen. An seine Rollen aber denkt er nicht. Er studiert nichts, er wiederholt nichts. Das beunruhigt mich einigermaßen, obzwar es mich auch im Grunde meines Herzens freut. Denn vielleicht gerade, wenn er an nichts denkt, überwindet er die Gefahr, die doch wohl stark nur in seiner Furcht vor ihr und in seiner Einbildung besteht.

Und so gehen die Tage. Er spielt nach seinem grandiosen Richard dem Dritten leichtes Geschütz, Rollen, die ihn gar nicht anstrengen, die er im Schlaf kann. Er ist frisch und angeregt.

Es kommt der Faust. Ich renne den Tag in der Stadt herum.

Ein überfülltes Haus. Jene Andacht in den Leuten, wie sie nur der Faust weckt, weil sie wissen, nun wird an jedes Geheimnis in ihnen gerührt werden, und so ein Abend bedeutet eigentlich eine Weihe. Nur ich sitze da in einer unerhörten Bangigkeit, und meine Zähne knirschen...

Es geht. Geht ganz nach Wunsch. Freilich – manchmal stutzt er und besinnt sich. Das nehmen sie noch für Nuance. Aber es geht immer weiter; die Flut trägt ihn, und es kommt in die Menschen jene Stimmung, die nur die Gelegenheit wünscht, damit sie losbrechen können. Und ich weiß: ist nur einmal der erste elementare Beifall um ihn geklungen, so ist die Entscheidungsschlacht gewonnen. Die Schülerszene bringt ihn nicht. Auch Auerbachs Keller noch nicht ganz. Es ist etwas Frostiges da, von dem ich nicht ahne, woher es kommt. Sie zaudern eben nach Berliner Art, und der Abend wird mir gar zu lange, der ich weiß, mit was für Ahnungen der Mann auf der Bühne steht und spielt...

Der Vorhang hebt sich wieder. Die Hexenküche. Mein Vater kommt mit Faust. Mühselig kommt er. Er spricht – es ist nicht seine Stimme. Er stottert in der Erregung. Es ist ein Stutzen auf der Bühne. Er hebt den Arm zu seiner herrischen Gebärde und sägt damit leer in der Luft herum. Er schneidet eine gräßliche Fratze. Sieht sich um mit einem ganz verlorenen Blick und ächzt – öffnet den Mund, und kein Ton dringt vor, und er sieht sich um und hebt wieder an, und wieder kein Laut...

Das dauert...! Und ich sitze da mit entsetzten Augen und presse die Hand an den Mund.

Der Vorhang fällt, und ich weiß es – er ist zum letztenmal gefallen für Wladimir Pozniánsky.

Es ist wie Panik im Hause. Ein schwarzgekleideter Herr, blaß wie ein Gespenst, kommt vor und stottert etwas Unmögliches. Ich stürze auf die Bühne. Hinter mir Tumult der Aufbrechenden und wirre Ausrufe des Entsetzens und Erstaunens.

Eine große Verstörung auf der Bühne. Er sitzt in einem Lehnstuhl hinter den Kulissen – brütend, verfallen. In seiner dämonischen Maske. Das rote Mäntelchen über der Brust, die man heftig arbeiten sieht, zerrissen in seiner Aufregung; der Hut mit der frechen Hahnenfeder tief in der Stirn. Und er sieht um sich mit einem wilden und wieder ängstlichen Blick, erkennt mich nicht, fährt auf, und gurgelnd mit einem unerhörten, gräßlichen Ton stöhnt, ächzt er hervor: ›Aufziehen, aufziehen! Ich will weiterspielen!‹

Der Ton! Es überläuft uns alle. Und inmitten meiner großen Bekümmernis muß ich mir denken: Der Ton! Wenn er den einmal auf der Bühne anschlüge! Das gäbe einen unerhörten Effekt. Ich schäme mich des Gedankens. Aber er ist nun einmal da...

Sein Ende kennen Sie. Ich selber habe ihn nach dem traurigen Hause gebracht, wo er noch lange Jahre gelebt hat, ohne zu rechtem Bewußtsein mehr zu kommen. Gesehen habe ich ihn nicht mehr. Ich hätte den Anblick nicht ertragen können. Die Mutter bestand ohne jede Rücksicht auf ihrem Vermögensanteil – es war Gütergemeinschaft bedungen gewesen, und sein Unglück stimmte sie nicht milder, die darin wohl nur eine verdiente Strafe sah. Sie ist dadurch nur noch frömmer geworden und hat alles an milde Stiftungen gegeben. Für ihn aber mußte doch auch gesorgt sein, so daß ihm dort, wo er war, nichts von der Bequemlichkeit und der Pflege gebreche, auf die er Anspruch machen konnte. Für mich ist also wenig geblieben. Eben so viel, daß ich als Einsamer bescheiden davon leben konnte.

An einen Erwerb habe ich nicht gedacht. Ich war auch nicht dafür erzogen. An ein Glück habe ich nicht mehr geglaubt seit seinem Ausgang, den das Glück so lange gehoben und getragen. An meine Fähigkeiten nicht – ich hatte den reichsten Geist, der mir je begegnet, zerstört im Gedächtnis. Ich habe ihr das alles geschrieben und auseinandergesetzt und keine Antwort von ihr mehr erhalten. Nur einmal schrieben mir ihre Eltern, eine weitere Verbindung zwischen uns hätte doch keinen Zweck, und sie bäten im Interesse ihrer Tochter, ich möchte nicht mehr rühren ans Vergangene. Sie mag mich für feig gehalten haben, daß ich nicht einmal den Versuch mehr machte, für unser Glück zu kämpfen. Mag sie's! Ich hab's nicht mehr können. Wie mich das zerstört hatte, was ich uns so lange in Schlangenringen nachschleichen sah, ehe es uns in seinen schrecklichen Ringen erdrückte, das kann sie nicht geahnt haben. Ich hoffe, sie hat mich nach ihrer gesunden Art bald und völlig vergessen.

Ich bin zunächst auf Reisen gegangen. Denn es war eine große Unruhe in mir, ich war immer vor etwas auf der Flucht. Alsdann habe ich mich mit gebesserter Gesundheit, die durch die Ereignisse jener Zeit angegriffen war, hier für die Dauer niedergelassen. Hier kommt man sich mindestens niemals überflüssig vor, kann mit Wenigem anständig und behaglich leben, und man ist nicht im Widerspruch zum *Genius loci*, wenn man die Trümmer in sich immer und immer wieder betrachtet. Eine moderne Stadt wäre mir schrecklich.«

Er sah nach der Uhr. »Es ist Zeit zur Bahn.«

Wir traten ins Freie. Fontana Trevi rauschte gewaltig. Über ihre Wirbel warf das elektrische Licht, streitend mit dem gleich blassen und fast gleich hellen Licht des vollen Mondes, seinen fahlen, zuckenden Schimmer, der manchmal geisterhaft wie aus dem tiefen

Grund vorzuzüngeln schien. Mit gesponnenem Glas schienen die massigen Felsblöcke überglänzt. Ernsthaft und finster sahen die Statuen in dies leuchtende Spiel, und Roms Zauber rührte noch einmal an meine Seele. Mein Soldo klatschte ins Wasser. Unsere Hände fanden sich inniger als sonst zum letztenmal, und während ich mich der Bahn zuwendete, verschwand er mit langen und un-hörbaren Schritten in der Dunkelheit, als wär' er ein Teil davon.

Ich muß seiner oftmals gedenken. Noch öfter freilich wird mir, als hörte ich die Troika. Harmonisch klingen die munteren Schellen im Dreiklang. Eine weite, weite Ebene. Nichts hemmt das Vorwärtsjagen der Rosse. Sie schnauben mächtig. Der Wind pfeift, und sie atmen ihn aus mit dampfenden Nüstern, mit ihm in die Wette eilend. Geheime Abgründe, verhohlen vom trügerischen Mondlicht, zuseiten, querüber der Fahrbahn. Und so stürmt das Gespann dahin und durch meine Seele – einem unbegriffenen Ziele zu, in die Dunkelheit, die die Troika und den Lenker geheimnisvoll verschlingt.

## Über tredition

### Eigenes Buch veröffentlichen

tredition wurde 2006 in Hamburg gegründet und hat seither mehrere tausend Buchtitel veröffentlicht. Autoren veröffentlichen in wenigen leichten Schritten gedruckte Bücher, e-Books und audio-Books. tredition hat das Ziel, die beste und fairste Veröffentlichungsmöglichkeit für Autoren zu bieten.

tredition wurde mit der Erkenntnis gegründet, dass nur etwa jedes 200. bei Verlagen eingereichte Manuskript veröffentlicht wird. Dabei hat jedes Buch seinen Markt, also seine Leser. tredition sorgt dafür, dass für jedes Buch die Leserschaft auch erreicht wird.

Im einzigartigen Literatur-Netzwerk von tredition bieten zahlreiche Literatur-Partner (das sind Lektoren, Übersetzer, Hörbuchsprecher und Illustratoren) ihre Dienstleistung an, um Manuskripte zu verbessern oder die Vielfalt zu erhöhen. Autoren vereinbaren direkt mit den Literatur-Partnern die Konditionen ihrer Zusammenarbeit und partizipieren gemeinsam am Erfolg des Buches.

Das gesamte Verlagsprogramm von tredition ist bei allen stationären Buchhandlungen und Online-Buchhändlern wie z. B. Amazon erhältlich. e-Books stehen bei den führenden Online-Portalen (z. B. iBookstore von Apple oder Kindle von Amazon) zum Verkauf.

Einfach leicht ein Buch veröffentlichen: **www.tredition.de**

## Eigene Buchreihe oder eigenen Verlag gründen

Seit 2009 bietet tredition sein Verlagskonzept auch als sogenanntes "White-Label" an. Das bedeutet, dass andere Unternehmen, Institutionen und Personen risikofrei und unkompliziert selbst zum Herausgeber von Büchern und Buchreihen unter eigener Marke werden können. tredition übernimmt dabei das komplette Herstellungs- und Distributionsrisiko.

Zahlreiche Zeitschriften-, Zeitungs- und Buchverlage, Universitäten, Forschungseinrichtungen u.v.m. nutzen diese Dienstleistung von tredition, um unter eigener Marke ohne Risiko Bücher zu verlegen.

Alle Informationen im Internet: **www.tredition.de/fuer-verlage**

tredition wurde mit mehreren Innovationspreisen ausgezeichnet, u. a. mit dem Webfuture Award und dem Innovationspreis der Buch Digitale.

tredition ist Mitglied im Börsenverein des Deutschen Buchhandels.

## Dieses Werk elektronisch lesen

Dieses Werk ist Teil der Gutenberg-DE Edition DVD. Diese enthält das komplette Archiv des Projekt Gutenberg-DE. Die DVD ist im Internet erhältlich auf **http://gutenbergshop.abc.de**

Zeitfracht Medien GmbH
Ferdinand-Jühlke-Straße 7
99095 Erfurt, Deutschland
produktsicherheit@kolibri360.de